같은 주소 아래, 한 남자와
두 마리의 고요한 고양이가 살고 있다.

나는 너를 '살구'라고 부르기로 했다. 우리는 산책에 소질이 있다.

유리창을 사이에 둔 살구와 자두.
첫 만남 이후 우리는 인연이 계속 스치며
마침내 같은 주소를 가지게 됐다.
우리 사이에 어떤 진심이 시작되고 있었다.

처음부터 다정한 오빠였던 살구.
자두는 그 다정을 오롯이 받아들인다.
나는 이들을 순한 눈동자로 바라보는데,
그건 서로의 심장 속으로
슬며시 손을 넣어
마음을 만지는 일과 비슷하다.

그들은 이제 내 몸에
묻은 존재가 되어버렸다.
털어낼 수 없는
마음 같은 것일지도 모른다.

우리는 떠나지 않는 여행자의 말들을 나누며
우리와 함께 살자.

여행자와 고양이

여행자와 고양이

변종모 에세이

ALONE BOOK

프롤로그 | 고양이가 말하고 사람이 받아 썼다

우리도 주소를 가졌다.

선택할 수 없는 것들, 선택되어지는 것들, 그리고 거부할 수 없는 모든 것들. 세상에는 안간힘을 쓰거나, 그마저도 없이 그저 굴러가는 대로 이어지는 삶이 많다. 북인도의 어느 시골 마을에서, 안데스산맥의 이름 모를 산골짜기에서 그런 생각을 자주 했다. 힘든 날들 속에서 나를 지탱해주던 것은 실체 없는 마음뿐이었지만, 그 마음 하나 믿으며 걸었다. 안간힘으로.

모든 생명은 스스로 원해서 태어나는 일이 없다. 더러는 세상에 태어나자마자 풍요로운 삶을 보장받기도 하지만, 대부분의 삶은 만만치 않다. 나라와 부모를 선택할 수 있는 가. 원하든 원하지 않든 삶은 주어지는데, 그 안에서 가장 행복해지려는 욕망만큼은 모두 비슷할 것이다. 하지만 가장 사랑했던 사람마저도 원치 않은 이별을 남기고 가볍게 떠나버리는 일이 허다한 걸 보면, 우리는 최소한 한 번쯤은 우리의 의지와는 상관없이 나락에 빠지는 순간을 경험한다. 때로는 더 잦을 때도 있다.

나는 오래전부터 여행자로 살고 있다. 내가 선택한 삶을 스스로 거부한 첫 사건이었으나, 위태로웠지만 행복하다고 자부하며 낯선 길 위를 자주 오래도록 걸었다. 정착을 제외한 모든 것들을 사랑하던 시절이었다. 그런 나를 남들은 여행자라 불렀다. 주소가 없는 사람처럼 살며 여러 대륙과 나라를 떠돌았다. 그러는 동안 내가 선택하지 않은 부모마저 세상에 존재하지 않게 되었다. 슬펐지만, 동시에 그만큼 자유로워졌다. 인연의 속박에서 벗어나 지킬 인연 하나 없이 정처 없는 마음으로 사는 것도 괜찮았다.

그러다 문득 세상이 주는 또 하나의 시련이 찾아왔다. 많은 사람들의 발이 묶였고 얇은 마스크 한 장에 의지한 채 제자리에서 살아야 하는 날들이 계속되었다. 그리고 병이 생겼다. 떠나지 못하는 여행자이다 보니 마음의 병이 먼저 찾아왔다. 그렇게 쌓아둔 추억들만 곱씹으며 살아가던 어느 날, 도시를 떠나야겠다고 결심했다. 어쩌면 새로운 여행의 시작인지도 몰랐다. 경남 밀양 외곽의 어느 시골 마을에 자리를 잡고 도시에서의 날들을 추려내며 당분간 나를 위해 살아보자고 다짐했다.

그런데 새로운 인연이 덜커덕 걸리고야 말았다. 내가 선택했지만, 나는 그것이 나의 의지가 아니라고 변명한다. 하지만 알고 보면 내 의지가 아니었던 것은 단 하나도 없었다. 머물기를 거부하는 자는 인연에 연연하지 않고, 책임져야 할 인연도 만들지 말아야 한다고 여겼지만 인연이 마음대로 되겠는가? 우리는 그것을 필연이라 부른다.

이것은 고양이에 관한 이야기다. 나의 이야기가 아니라 오로지 고양이의 이야기이거나, 고양이를 핑계 삼은 나의 이야기일 수도 있다. 그러니까 고양이 없이는 성립되지 않는 말들이다. 홀로 떠돌던 여행자가 그렇게 되어버린 이야기. 나는 살아 있는 생명과 함께할 거라고는 예상해 본 적 없던 여행자에 불과했다. 화분 하나 키우는 것도 부담스러워하던 과거를 떠올리면 내가 뭘 키우고 기른다는 건 말도 안 되는 일이다. 주소 없이 살아가고 싶었던 나와 아기 고양이가 같은 주소를 가진 낡은 지붕 아래에서 함께 살게 되었다. 나는 여행자였으니, 아기 고양이 '살구'는 여행자의 고양이가 되었다. 그래서 우리는 둘 다 우리의 앞날을 모른다. 나는 여행자이고 살구는 여행자의 고양이이니까.

아무것도 모르고 만나 같은 주소를 쓴다는 이유로 때로는 서로가 주인이라 우기며 살아간다. 밀양의 작은 시골 마을 하수구에서, 지금은 서울이 내려다보이는 성북동에서, 그리고 밀양보다 더 낡은 북정마을의 빨간 지붕 아래에서 날마다 서로의 안부를 묻는다. 더 이상 여행자가 될 수 없지만 여행자보다 더 많은 여행을 하고 있다. 서로가 서로에게 여행이 되어 하루하루를 살아간다. 쓸쓸하지 않게 날마다 이벤트를 벌이며 삶을 공유한다. 마음을 나눈다.

그리고 한 마리가 더 찾아왔다. 떠나지 못하는 이유가

자꾸 생겨나던 어느 날, 창문을 두드리던 아기 길고양이가 있었다. 나는 창문을 열었다. 졸지에 족쇄를 두 개나 차는 느낌이었지만, 따뜻했다. 그랬다고 기억하며, 그런 마음으로 지금은 셋이 동거 중이다.

살구도, 자두도 처음이었을 것이다. 세상의 모든 처음은 그렇게 시작된다. 처음인지도 모른 채 살다가 후회도 하고 반성도 하고 계획도 세우고 희망도 걸겠지. 알 수 없는 사람 그리고 알 수 없는 고양이의 마음. 우리 사이에 일어난 이야기를 고양이가 말하고 사람이 받아 썼다. 그러니까 우리 셋만 아는 이야기.

때로는 마음속에만 있던 말들을 발견할 때가 있다. 말할 수 없는 비밀이라고 할까. 그 말들을 고양이에게 던져 놓는다. 세상이 몰라도 될 이야기들을 유튜브 〈여행자의 고양이〉를 통해 공유하면서, 댓글을 통해 동냥젖으로 키우듯 어설픈 육아일기를 써 내려간다. 비록 비인기 채널이지만 다행인 것은, 정말 따뜻한 격려와 세심한 조언이 오간다는 것이다. 낯선 길을 걷다가 우연히 떠오른 말들을 혼잣말하듯 뱉어냈는데 불현듯 이해될 때가 있듯, 우리는 그렇게 소통할 때가 있다. 정확하지 않아도 정성스러운 마음의 말들.

우리는 여행자다. 언제나 여행자다. 내일을 모른 채, 우리가 어떤 마음을 가졌는지도 모른 채, 하루하루 길을 걸어간다. 그렇게 지도를 그리며 나아가다 보면 어딘가에 닿겠지. 나와 고양이는 세상에는 없는 지도를 그리는 나아가고 있다.

너도 나도 더 이상 혼자가 아니다.

우리는 같은 주소를 가졌다.

이 사실이 아주 큰 위로가 된다.

주소를 거부하며 살던 내가, 누군가에게 주소를 부여하며 같은 주소로 사는 일이 부담스럽지 않게 되었다. 나는 너를 선택한 적 없고 너도 나를 선택한 적 없지만, 우리는 그렇게 선택되었다.

같은 주소 아래,
한 남자와 두 마리의 고요한 고양이가 살고 있다

Chapter 1

어느 날,
우리는 같은 주소를 가지게 되었다

Chapter 2

나는 점점 수다스러워지고
우리는 자주 눈을 맞춘다

Chapter 3

여행자의 말들을 나누며
우리는 함께 살자

Chapter 4

내가 오래오래
짝사랑할 것이다

Chapter 1

어느 날,
우리는 같은 주소를 가지게 되었다

고양이로부터 온
심장

지구처럼 거대하지만 또 작은 얼굴

그 위로 솟아난 히말라야의 언저리를 닮은 두 개의 귀

둥글게 누워서 지긋하게 올려다보는

카라쿨 호수처럼 깊은 눈

보물 상자에서 꺼낸 솜방망이처럼 귀하고 순한 발

소리 없이 다가오는 세상의 가장 큰 울림

알고 있었으나 잠시 잊었던 좋았던 그 모든 것

그것을 우리는 다정이라 말한다.

따뜻한 건 그 후의 일이다.

다정함에 끌려 따뜻해지는 품.

가만히 앉은 뒷모습에도

날마다 생겨나는 새로운 길.

나는 오랜 여행으로 다져진 노련한 여행자였다가

이제 너에게 가는 것이 목표가 된

초보 집사가 되었다.

너에게로 통하는 수많은 길이 있다.

지구상에 그어진 모든 길보다 많은 길이 있다.

조심스레 묻는다.

대답 없는 것을 정답으로 받아 적는다.

여행은 말이 아니라 **행동인** 것을 우리는 안다.

누가 먼저가 아니라

나란히 걸을 때, 함께 걸을 때

가능하다고 한다.

배낭을 비우고
두 개의 심장을 채웠다.

늦은 봄,
묘연한 인연이 시작될 징조

지겹도록 평화로운
불편이 깨지던 날이었다.

코로나가 발을 묶고 나니 마음의 병이 몸 밖으로 나왔
다. 아니다. 몸 밖으로 나온 것이 아니라 깊이 박혀 온몸
을 흔들고 있었다. 하루에도 몇 번씩 정신이 아득해지고,
가수면 상태로 몽롱한 시간을 보내는 날들이 잦아졌다.
병원의 처방보다 먼저 떠오른 것은 자리를 옮겨야겠다는
생각이었다. 나는 오랜 여행자였으니까. 처방전 같은 건
없이 떠돌던 길 위의 날들처럼, 내 몸은 내가 안다는 고집

스러운 마음이 다시 피어올랐다.

그 생각이 옳았다는 것을 밀양으로 거처를 옮긴 지 채 한 계절이 가기도 전에 깨달았다. 고요한 환경 속에서 지내며, 잠만 잘 자도 병이 낫는 것 같은 기분이 들었다. 그것이면 충분했다. 도시에서 구할 수 없는 신선한 공기와 적막한 밤이야말로 치유의 요소라는 것을 깨달았다. 작은 마을에서 고양이처럼 살금살금 조용히 걸으며 지낸 것만으로도 내 몸과 마음은 빠르게 회복됐다. 좋은 길들이 선량한 친구가 되어 주었다. 나는 날마다 나아지고 있었다.

봄에 내려와 꼬박 사계절을 보내고 다시 봄이 돌아올 때까지 오롯이 혼자였다. 가끔 이웃들과 나누는 인사를 제외하면 산책이 일상의 전부였다. 산책길에서 만나는 사람들과 나누는 짧은 대화가 유일한 소통이었다. 그렇게 1년 동안 텃밭을 가꾸고, 집 안팎을 돌보고, 계절의 변화에 맞춰 살아갔다. 누구나 한 번쯤 꿈꾸는 시골 생활을 1년 동안 경험하니 마치 정확한 치료를 받은 사람처럼 나아졌다. '자리가 사람을 만든다'는 말처럼 장소가 사람을 변화시킨다는 것을 몸소 실감하며 평온한 나날을 보냈다.

　그러나 지나치게 평화로운 날들이었다. 소통할 사람이 없는 시간 속에서 무의미한 대화만 이어지는 날들이 계속됐다. 마을 사람들은 친절하고 다정했다. 모두가 선배이며 선생이었고, 가족보다 살가운 이웃들이었다. 그렇지만 친구는 없었다. 도시의 친구들과는 물리적 거리가 생기면서 연락도 뜸해졌다. 당연한 일이었다. 서로의 환경이 달라지니 공통된 화제는 줄어들고, 처음에는 궁금해하던 안부도 점차 멀어졌다. 덕분에 철저히 고립되어 오롯이 나 자신만을 생각하며 지낼 수 있는 좋은 기회가 되었다.

　시골의 밤은 도시의 밤보다 서너 배나 길었다. 온종일 책을 보거나 휴대폰을 들여다보며 시간을 보내도, 어느 순간 감옥처럼 느껴지곤 했다. 대부분의 날들은 평온했고 행복했지만, 그 구석을 차지하는 불편함은 너무나도 평화롭다는 사실에서 비롯되었다. '혼자구나' 하는 생각은 '혼자였으면…' 하던 때와는 달랐다.

　군중 속에서 홀로 이탈하고 싶은 것과 애초에 합류할 군중이 없는 것은 차원이 다르듯, 대화하기 싫다는 것과 대화할 수 없다는 것은 전혀 다른 문제였다. 친한 선후배

나 친구들이 이웃이라면 좋겠다고 생각하는 날들이 잦아
졌다. 독거의 산중 생활에서 가장 불편한 점은 바로 소통
의 부재였다. 그토록 바라던 평화였으나 그것이 길어지
니 평화마저 불편이 되던 날이었다.

그러던 늦은 봄날이었다. 꽃들이 차례로 피고 지던 날,
지겹도록 평화로운 불편이 깨지던 날이었다.

묘연한 인연이 깊은 산중에서 시작되었다.

어느 날 마음 어딘가에
다시 꽃이 피었다

인연은 아무리 숨겨도 외면해도 가려지지 않는 것.
고개 돌릴수록 오히려 바짝 당겨 앉는 것.
너는 그렇게 삶의 모든 찌꺼기가 흘러가는
마지막 출구에서 새롭게 태어났다.

초록의 잎들이 무성해졌다. 꽃들은 밤을 뚫은 별처럼
환하게 새어 나왔지만 이내 사라졌다. 아름답고 찬란한
것들은 언제나 잠시뿐이다. 기다렸던 시간에 비하면 속
상할 정도로 찰나다. 그렇게 봄이 저물고 있었다.
　꽃의 추락이 끝나기도 전에 잎들이 일제히 손을 흔들
며 계절이 바뀌었음을 알렸다. 긴 겨울을 견뎌낸 햇살 속
에서 꽃들은 등불처럼 타올랐다. 꽃이 지고 나면 얼마간

의 희망도 함께 사라지는 것 같았다. 도시에서 살 때는 몰랐던 서운함이었다. 사람이 아니라 자연에게 서운할 수도 있다는 것을 깨달았다. 그렇게 봄은 가버렸고 더 이상 꽃은 피지 않았다.

하지만 사람의 마음은 간사해서 방금 꽃들의 장례를 치렀지만 나는 돌아서서 웃었다. 계절은 이처럼 마음을 가만두지 않는다. 느리게 타이핑되는 모니터 너머로 초록의 잎들이 커튼처럼 드리운 오후였다. 어디선가 간지럽게 귀를 파고드는 소리가 들렸다. 그 공간에서는 날 수 없는, 예상치 못한 맑은 고음이었다. 아주 작고 여린, 마치 추위를 벌리며 피어나던 매화 꽃잎처럼, 미미하지만 분명히 존재하는 소리. 그 소리는 내가 잘못 들은 것이 아니라는 듯 반복되었다. 바람처럼 스쳐 가면서도 햇살처럼 스며드는 소리. 창문 아래 하수구에서 새어 나오는 소리였다.

나는 조심스럽게 귀를 기울였다. 마치 민감한 귀를 가진 음향사가 새로운 소리를 찾아내어 녹음을 하듯 예민하고 주의 깊게 들었다. 자세히 들어보니 하나의 음이 아니라 여러 개의 비슷한 음들이었다. 그리고 마침내 물이 흐르지 않는 마른 하수구 끝에서 작은 얼굴과 엉덩이, 꼬리들이 실타래처럼 엉켜 움직이는 것을 보았다. 고양이들이었다. 어미는 먹이를 구하러 나간 건지 보이지 않았고, 좁은 하수구 안에서 어둠을 밀어내듯 아기 고양이들이 조금씩 빛 속으로 새어 나오고 있었다.

아! 내 집과 옆집 사이 담 아래 열린 짧은 하수구에서 흘러나온 고양이들. 서로에게 기댄 채 장난을 치거나, 졸거나, 하늘을 올려다보며 궁금한 눈빛을 던지고 있었다. 세상에 저항할 힘이 없는 작은 존재들이 서로에게 기대어 체온을 나누고 있었다. 마치 한 손안에 포개진 다섯 손가락처럼, 어린 생명들은 스스로 강해 보이려 서로를 감싸며 하나로 엉켜 있었다. 위태롭지만 아름다운 모습이었다. 애틋했다. 그건 도저히 말로 표현할 수 없는 감정이었다. 다섯 마리의 아기 고양이. 장난감 인형이라기에는 더없이 섬세했고, 누군가의 사진이나 동영상이라기에는 너무나 생생한 현장감이 있었다. 모두 다른 무늬를 지닌 채 다른 동작으로 움직이는 다섯 개의 각별한 생명. 느리다가도 쏜살같았고, 빠르다가도 때로는 졸음처럼 깜빡였다. 잠시 지켜봤다고 생각했는데 어느새 감나무 뒤로 해가 기울어 있었다. 작은 움직임 속에서 하루가 빠른 속도로 흘러갔다. 이들을 지켜보며 이렇게 늙어갈 수 있다면, 세월이 흘러도 괜찮을 것 같았다.

창문 너머 하수구까지는 불과 1미터 거리. 내 작은 움직임에도 그들은 꽃잎처럼 흩어져 다시 하수구 속으로 숨어버렸다. 큰 기침이라도 했다면 태풍에 날아가는 모래알처럼 사라졌을 것이다. 부동의 자세로 그들의 움직임을 지켜보는 것은 정말 예민하고 예민한 시간이었다. 그렇게 나만 알고 그들은 잘 느끼지도 못하는 관계로 며칠을 보냈다. 봄이 가고 꽃이 지는 계절이었지만, 하수구 안에서 다섯 송이의 꽃이 다시 피어나고 있었다.

이른 아침마다 조심스레 창문을 열어 그들을 보았고, 늦은 저녁에는 귀한 것을 간수하듯 창문을 닫았다. 그렇게 몇 날을 지켜보았다. 열고 닫는 순간마다 던졌던 나의 시선들이 닿았던 눈망울과 귀와 꼬리, 바람에 날리던 솜털들… 자꾸만 생각이 났다.

누군가를 그리워하는 마음에는 좋았던 것, 나빴던 것, 지루했던 일, 아쉬운 순간, 그리고 미안함까지 함께 동반되지만 이 그리움에는 오직 하나의 감정만 개입한다. 또 다시 짝사랑인가? 교감도 소개도 없이 나만 일방적으로 그리워하는 불리한 마음. 어쩌면 도시에서 한참 멀리 떨어진 이 골짜기를 닮은 마음.

나는 고양이를 좋아해 본 적이 없었다. 고양이는 내게 오히려 경계의 대상이었다. 그런데 이렇게 아무렇지 않게 스며들 수 있을까? 외로움을 가눌 길 없던 어느 날, 꽃이라도 붙잡고 지지 말라고 당부하는 간절한 마음 때문일까? 아니다. 필요에 의한 것이 아니라, 의지와는 무관한 일이라 하겠다. 그 다섯 마리 중 누구도 내게 온 적 없는데, 나 홀로 마음이 커져 버린 이유는 도무지 알 수 없었다. 하지만 삶이란 늘 예측할 수 없는 일들로 이루어지는 것이 아니겠나.

작은 화분 하나도 곁에 둘 수 없는 마음으로 살았던 팍팍한 젊은 시절, 세월을 지나 돌아와 보니 내가 저 다섯 마리의 고양이들 중 한 마리였나 싶은 생각도 들었다. 그렇지만 좋은 것을 바라보면 또 좋아지는 마음이 인지상정 아니겠나. 나는 그 작은 생명들로부터 나를 보았다. 낡은 배낭을 메고 도착한 어느 낯선 밤, 오직 도착했다는 이유만으로 희망을 생각하던 시절.

밤이 되자 더 이상 하수구에서는 소리가 들리지 않았다. 그들은 마치 빛을 머금고 자라는 식물처럼 조용히 웅크리고 있을 것이다. 세상의 마지막 통로에서 태어나 함부로 피지 않는 귀한 꽃들처럼. 낙화의 계절에 다시 피어난 생명들.

아주 특별한 밤이었다. 작은 방 안에 누운 몸은 자꾸만 하수구 방향으로 향했고, 온 신경이 그 깊숙한 곳에 박혀 있었다. 오월의 마지막 날 마음 안쪽 어딘가에서 다시 새로운 꽃이 피었다.

나의

두 번째 첫사랑

사랑하지 않을 거라면 바라보지도 말 것.
지켜보더라도 마음은 두지 말 것.
그러나 나만의 일방적인 생각일 뿐.
너는 내게 관심이 없었고,
나는 너에게 아무것도 아니었다.

너의 눈빛을 보고야 말았다. 충무로역 7번 출구, 대한
극장 방향으로 꺾어진 피자집 창가에서 나를 기다리다가
마주친 눈빛처럼. 몇십 년의 찰나가 겹쳐 무거운 것이 가
슴 어딘가로 떨어지는 느낌이었다. 하수구 안 어둠 속에
서 새어 나오는 작은 눈빛은 세상의 무엇과도 바꿀 수 없
는 특별한 아름다움이었는데, 오래전 내가 처음 사랑한
누군가의 눈빛과 겹쳐 말도 안 되는 감정이 심장의 안쪽

에서 새어 나왔다.

사랑이란 이런 식으로 사람을 이상하게 만든다. 이젠 기억력이 예전 같지 않아 단어 하나조차 외우기 힘든데도, 꿈처럼 아득한 세월 속의 창가에 비친 눈빛을 선연하게 기억하다니. 좁은 하수구 안에서 따뜻하게 쏟아져 나오는 열 개의 맑은 눈동자 역시 지금으로부터 몇십 년이 흐른다 해도 잊히지 않을 것이다.

사랑이라는 감정은 무엇인가를 끊임없이 생산하게 만든다. 없던 아이디어가 떠오르고 어설픈 부지런함이 튀어나오며 허언증에 시달리는 사람처럼 대상을 과장되게 포장한다. 하지만 이 모든 망상 같은 현상은 좋은 것에서 비롯된 것이다.

어미 고양이는 먹이를 구하러 나가 있었고 새끼들은 배고픔을 안고 기다리고 있었다. 뭐라도 먹여야겠다는 생각에 냉장고의 밥을 꺼내 염분을 뺀 북어와 함께 삶았다. 예민한 아기 고양이들은 그릇으로 다가오기까지 한나절이 걸렸는데, 그것을 지켜보는 내 마음이 한심했다가도 대견스러웠다. 내 마음 한편에 여전히 어떤 존재를 위한 열망이 아직도 살아 있다는 생각이 들었기 때문이다.

분홍색 꽃잎 같은 혀를 내밀며 그릇을 둘러싼 다섯 마리의 아기 고양이들. 엄마가 채워주지 못한 허기를 메우는 모습이 눈물 나게 예뻤다. 태어났다는 이유 하나로 모든 것이 부족하고 열악한 환경 속에서도 최선을 다해 살아가는 작은 생명들에게 선택은 없다. 선택할 수 없다는 것들의 가난함을 지켜보며 오래전 어느 낯선 밤의 황량함과 서러움이 떠올랐다. 하지만 이 아름다운 생명들에게는 흠도, 슬픔도 없었다. 유월의 풍성한 햇살마저 무거운 짐처럼 느껴질 듯한 가냘픈 몸들이 그 순간 세상에서 가장 강한 힘을 품고 있는 듯했다.

꽃의 아름다움과 희망을 늘어놓던 애인의 말보다 식은 밥을 치열하게 삼키는 작은 입들이 더 숭고하고 귀하게 느껴졌다. 때로는 본능대로 사는 것이 가장 아름다운 일이다. 모든 아름다움은 그 무엇과도 비교할 수 없다는 특징이 있다.

나는 여행자다. 오래도록 여행자였고 앞으로도 그럴 것이다. 떠나고 돌아오기를 반복하는 삶 속에서 고양이는 없었다. 오래전 길고양이에게 밥을 준 적은 있지만 그것은 단순한 습관이었을 뿐, 지금의 감정과는 차원이 달랐다. 애완동물은 사치라고 여겼던 내 삶이 이상하게 흘러가고 있었다. 자꾸만 무언가가 인연을 준비하고 있다는 느낌이 들었다.

그때까지는 단순한 생각과 마음뿐이었다. 내가 누군가를 행복하게 해 준 기억도, 누군가에게서 행복을 선사받은 경험도 없었다. 스쳤던 모든 것들이 결국 아픔으로 남았다. 사랑한다는 감정이 그러했다. 찬밥 한 움큼을 데워 준 것이 내 마음의 전부를 준 것처럼 과장되었던 오후였다. 나는 그 작은 존재들의 귀여운 움직임을 도저히 거부할 수 없었다.

그저 지켜보고 훔쳐보는 것만이 최선이라 여겼다. 그 이상 가까이 다가가는 것은 허락되지 않는 것이라고 생각했다. 오래전 충무로의 쇼윈도에서 첫사랑과 마주쳤던 찰나처럼 자꾸만 책상 너머 하수구 속으로 마음이 가 있었다.

아무튼 이상한 나날을 보내고 있다. 마음은 붕붕 떠 있고 이런저런 생각이 많다. 눈은 늘 창밖에 머물고 있다. 큰일이라 생각한다. 빛처럼 예민하고 따뜻한 존재들, 닿을 수 없는 태양처럼 눈 부시다. 깊은 산속, 밀양의 볕이 더욱 강해지는 유월이 시작되고 있었다.

나는 분명 창밖의 다섯 마리를 사랑하게 될 것이다. 아니다, 이미 사랑하고 있는지도 모른다. 큰일이다.

어쩌면, 다시 첫사랑.

나의 두 번째 첫사랑.

내 곁이
되어 준다면

꽃의 추락에는 무게가 없었으나
분리의 최종 단계에서 가슴을 때리며
한 마디 비명을 내질렀다.
아름다운 슬픔이다.

유월이 되고 걱정거리가 하나 더 늘었다. 바로 밀양의 타는 듯한 더위였다. 태양은 때때로 생명을 지치게 만들지만, 그래도 작은 창문을 넘어오는 아기 고양이의 울음소리에 섞여 드는 바람은 아직 견딜 만했다. 더 더워지기 전에 끝내야 할 원고들이 진흙탕에 빠진 듯 더디게 가라앉고 있을 즈음, 윗집 봉구네에서 연락이 왔다.

"우리 사과 따러 가지 않을래?"

사과라는 단어는 밀양의 가장 안쪽 깊숙한 곳에서 밝게 빛난다. 얼음골 사과로 유명한 이곳에서는 어딜 가나 사과 자랑을 들을 수 있다. 내가 물었다.

"유월에 사과를 따요?"

역시 아니었다. 정확하게 말하자면, 좋은 상품의 사과를 만들기 위해 건강한 한 개를 남기고 나머지를 솎아내는 작업이었다.

작업장으로 향하는 새벽, 나는 시골에서 삶을 키운 사람들 틈에서 낯설고 서툰 일꾼이 되어 있었다. 며칠째 아기 고양이들을 숨죽여 훔쳐보는 일이 원고를 쓰는 일보다 더 잦았으니 뭐라도 해보자 하는 마음에 나선 길이었다. 언젠가 동료 작가가 말했던, 무슨 일이든지 경험하게 되면 나중에 어떤 식으로든 글을 쓰게 될 거라는 말도 일어서는 것을 부추겼다.

재약산 줄기 수려한 능선들을 따라 볕 좋은 곳은 모두가 사과밭이었다. 망망대해처럼 끝없이 펼쳐진 사과밭 속 나는 열매와 잎을 구분하는 것조차 어려웠지만, 작업 방법을 배우고 첫 사과를 가위로 잘라냈을 때는 새로운 인생의 테이프를 끊는 기분도 조금은 들었다. 그러나 곧 속도전이 되었고, 나는 한 번도 달려본 적 없는 올림픽 경기장을 관중 앞에서 달리는 기분이었다.

고양이들은 잘 있을까? 그저 고양이들을 바라보며 하루를 보냈어야 하는데….

사다리 위에서 바라본 푸른 농원은 온통 초록으로 넘실거렸지만 나는 고양이 생각만 했다. 두 시간마다 쉬며 작업을 했다. 일당은 고사하고 농장을 망칠까 봐 신경을 곤두세우며 일했고 그만큼 엄청난 피로가 몰려왔다. 나는 유능하고 능수능란한 일꾼은 아니었다.

일을 마치고 돌아온 저녁, 집으로 돌아와 샤워를 마치고 저녁을 물린 자리로 잊고 있던 아기 고양이들의 합창이 들려왔다. 내가 없는 동안 온 집이 그들의 세상이었을 것이다. 인기척이 감지되면 떨어진 사과가 바람에 굴러가듯 조심스럽게 나타나는 작은 울음들.

이상했다. 고단한 하루를 보내며 사과가 떨어졌을 때도 멍들지 않았던 가슴이, 작은 존재들의 소리에 울렁거렸다. 책상 너머 하수구 입구에서 낙엽처럼 흩어져 움직이는 다섯 마리의 고양이들. 아, 가슴을 치는 일들은 탄식이 아니라 두근거리는 희망일 수도 있겠구나 싶었다.

　태어나 처음 해보는 일. 일의 어려움보다, 어설픈 내가 그들에게 누가 되지 않으려 했던 부담이 컸다. 그러나 흩어져도 뭉쳐 있어도 여전히 어리기만 한 그 존재들이 나를 위로하다니. 이 가냘프고 어린 것들이 나를 만져준다.

　나에게도 누군가가 필요하다는 생각을 처음 했다. 길 위를 떠돌며, 낯선 지붕 아래에서 잠을 청하던 삶을 살았다. 인연에 발목을 잡히고 싶지 않았고, '함께'라는 단어는 내 것이 아니라고 생각했다. 곁을 주는 일은 곧 구속이라고 생각하며 살았다. 그런데 저 어린 고양이 한 마리조차 내 의지로 부를 수 없이 그저 바라만 보는 저녁. 노을보다 붉게 물드는 울음소리에 가슴이 철렁 내려앉았다. 나는 저 다섯 마리 중 하나라도 내 곁이 되어 준다면 좋겠다고 생각하고 있었다.

　큰일이다. 가슴 칠 일이다.

고양이가 말했다

재빠르게

　　부드럽게

때로는 한없이 느리게

따듯하게

　　그윽하게

때로는 날카롭게

가볍게

　　안전하게

높은 곳에서도 낮게

신중하게

　　깊숙하게

말한다

결국

그 모든 것은 사랑으로

계획된 일거수일투족이라는 것

고양이는 그렇게 당신을 만든다.

나는

　　고양이로 인해 사람이 되어가고 있다.

사랑하는 사람 없이 살 수는 있어도

　　사랑하는 마음 없이

살아서는 안 된다고

　　고양이가 말했다

고양이는 사라졌고
모른 척 며칠을 지냈지만

어디로 갔을까?
내가 아름답다고 생각했던 모든 것은
언제나 그렇게 흔적 없이 사라졌다.
섣불리 아름답다고 생각하지 말자 다짐했거늘.

사뿐사뿐 뒤뜰을 가득 메운 다섯 마리의 솜뭉치들이
굴러다니다가 날아오르기를 반복했다. 그러다 자석처럼
서로에게 달라붙어 양지바른 곳에서 잠을 청했다. 바깥
에서 태어난 생명은 그렇게 누군가 일러주지 않아도 서
로가 한 몸이 되어 지탱해야 겨우 숨을 쉴 수 있다는 것을
안다. 휑하던 뒤뜰이 작은 생명의 온기로 가득했다. 점령
에는 반드시 큰 힘이 필요한 것만은 아니라는 생각이 들

었다. 한밤의 작은 생명들은 알 것이다. 자신들보다 더 여리고 자잘한 꽃들도 안간힘으로 봉우리를 여미며 기지개를 켜고 있다는 것을.

그리 걱정되지는 않았다. 자갈이 굴러다니듯 작은 소리들이 책상 너머에서 들려왔고, 밤이 깊을수록 더욱 잦은 간격으로 움직이는 소리가 들렸다. 불을 끄고 가슴에 초 한 자루를 안 듯 조심스레 어둠의 깊이를 가늠해 본다. 출처가 분명한 소리들이 밤 속에서 두런거린다. 소리에도 형태가 있다는 것을 알았다. 낙엽 위를 걷는 소리, 한데 엉켜 뒹구는 소리… 모두가 솜뭉치처럼 가볍고 풍성했다. 어린 생명이 낼 수 있는 소리는 낮지만 한없이 따뜻했다. 그리고 커다란 부피를 지니고 있었다.

산중의 밤, 한 뼘 넓이의 창을 열어 놓고 온화한 잠을 부른다. 낡은 광목 커튼이 고양이 숨결처럼 바스락거린다. 꿈을 꿨나 보다. 깨어보니 흔적이 없다. 꿈은 꿀 때만 유효하다. 깨어나면 딴 세상이 된다. 사람들은 왜 꿈을 꾸려 하는 걸까? 그것도 좋은 꿈을. 좋은 꿈에서 깨어난 아침에는 그 꿈을 놓치기가 아까워 일부러 느리게 이부자리를 정리하고, 그보다 더 느리게 마당의 안부를 살핀다.

그런데 그 아침 아기 고양이들의 소리가 들리지 않았다.

사라졌다. 사라졌다고 생각했다. 혹시라도 하수구를 살피면 더 멀리 달아날까 봐, 소중한 것을 아껴두고 보려는 심정으로 모르는 척 며칠을 지냈다. 그러나 소리는 더이상 나지 않았다. 꽃이 자잘하게 번져가는 뒤뜰에는 여름이 다가오고 있었고, 뒷집 장 선생님 댁으로 이어진 돌담이 작은 집을 가두고 있었다. 어쩌면 나의 집도 거대한 삶에 비한다면 하수구처럼 좁은 공간이 아닐까 하는 생각이 들었다.

사라졌다. 사라졌는데도 사라지지 않은 손톱자국 같은 것들이 마음 안쪽에서 따끔거렸다. 사라졌다는 것은 흔적이 없어야 하는데, 마음에 깊이 남아 있다면 사라진 것이 아니라 옮겨간 것이라 믿기로 했다. 더 많이 담아두지 못한 것이 아쉬울 뿐이었다.

여행에서 스쳐 지나간 인연들과는 달랐다. 선명한 다섯 개의 얼굴이 내 머릿속에 분명하게 남아 있었다. 그것이 여행과는 다른 점이었다. 마음 없이 나누는 거리는 아무리 가까워도 기억에 남지 않는다. 소홀함의 거리는 손을 잡고 함께 걸어도 지구 반대편만큼이나 멀다는 것을 안다. 우리가 배운 많은 인사법들은 한결같이 정중하지만, 그 안에 마음이 없으면 마주 보아도 결국은 이별과 다름없다.

우리가 인사를 나누었더라면 기억하지 못했을 것들이, 내가 숨죽여 지켜보았기에 더욱 은밀하고 면밀한 모습들까지 기억으로 남았다. 그 기억들은 앞으로 영영 지워지지 않을 것이니 다행이다. 책상 너머 그 작은 통로에 있던 아기 고양이들도 언젠가 오밀조밀 모여 자기들만의 언어로 한 번쯤 나에 대해 이야기하지 않을까? "저 늙은 남자의 어쭙잖은 은밀함이 신경 쓰인다"라고 말이다. 그나마 기대라면 기대였다.

아, 그러나 나도 안다. 아름다운 것들은 끊임없이 발굴되지만 또 끊임없이 사라져 간다는 것을. 그래도 어느 훗날 고양이들은 창 너머에서 귀한 목소리들을 가지고 다시 찾아올지도 모르지 않겠는가.

예쁜 것이 뭐라고. 내가 원하지도 않았는데 함부로 다가온 저 아름다운 것들 또한 뭐라고. 나와 상관없는 아름다움들은 하늘의 구름처럼 허무한 것이니, 그저 고개 들어 바람처럼 한 번 웃으면 괜찮을 일이다.

각자가 끝까지 아름다울 수 있다면, 타인의 간섭 없이
도 스스로 잘 살아갈 수 있겠지. 걱정이라면 오히려 아기
고양이 털 한 올만큼도 아름다울 일이 없는 이 늙은 남자
가 걱정이지. 내가 감히 누굴 걱정할 처지가 되겠나.

여행자처럼 우리는 어디서나 각자의 위치를 보존하며
잘 살면 된다. 그러면 된다.

야옹이 아닌
아웅

작고 약한 너는 그렇게 내게로 굴러왔다.
비틀거리고 휘청이며 가벼운 바람처럼
그렇게 내게로 왔다.
주황색 열매들이 가득 떨어지던 날이었다.

살구나무를 가리키며 "저 나무에 살구가 다 떨어지는 날, 나는 돌아가겠다"라고 말했던 것은 파키스탄 북쪽 훈자에서였다. 그러자 순한 얼굴의 주인장은 방값을 조금 더 싸게 해주겠다고 말했다. 그는 내가 빈말로 흥정을 하는 것이 아니라는 걸 직감했던 것 같다. 방문 앞의 살구나무가 커다랗게 휘어진 낡은 방에서 그렇게 산속 생활이 시작되었다.

　어머니가 돌아가신 해였다. 나는 지구 반대편에서 초록의 잎에 매달린 탐스러운 살구들과 그 뒤로 펼쳐진 설산들 속에 갇혀 있었다. 아름다운 날들이었다. 내가 건강하게 걷는 한 불행이 찾아올 틈이 없다고 생각하며 낯선 길을 떠돌던 때였다. 그러나 살구가 다 떨어지고도 나는 배낭을 꾸리지 못했고, 비자가 이틀 남은 날 순박한 얼굴의 주인장에게 말했다. "다시 올게요. 그때도 이 방을 쓰겠어요." 그리고 국경을 넘었고 나는 어머니의 부고를 받고 다시 그곳으로 가기까지는 몇 년이 걸려야 했다.

　그날의 살구는 꿈처럼, 창가의 주황빛 전구처럼 밝고 탐스러웠다. 어느 순간 그것들이 떨어지고 다시 꽃으로 피어나겠지. 가슴을 후려치는 듯 탐스러운 주황색 동그라미들이 부드럽고 순한 곡선처럼 흩어지던 날, 설산 앞으로 태양의 비늘처럼 뿌려지던 그 장면을 생생하게 기억한다.

　푸른 새벽이었다. 어김없이 노곡동 초입부터 건너 마을 무릉리까지 짙은 안개가 깔려 있었다. 안개 속에서도 무릉교회 붉은 십자가는 유난히 빛나고 있었다. 이런 날은 언제나 맑은 하늘이 열리곤 했다. 창문으로 넘어오는 새벽안개의 냄새가 시원하게 이마에 내려앉았다.

며칠 동안 들리지 않던 아기 고양이의 울음소리가 새벽안개를 타고 희미하게 들려왔다. 그것은 울음이라기보다 신음에 가까웠다. 여리고 낮고 불안한 소리. 익숙하지 않은 음색이었지만 신경이 쓰였다. 너무 이른 시간이었고 서재 옆 하수구와 내 침실은 위치상 거리가 너무 멀었기 때문에 고양이라고는 생각하지 못했다. 그런데 그 소리는 모스 부호처럼 끊임없이 내게 신호를 보내고 있었다.

나는 머리맡의 창을 열었다. 거기엔 주먹만 한 검은 물체가 생명이 깃든 인형처럼 울고 있었다. 노래도 말도 아닌, 분명 신음소리였다. 앞발에 얼굴을 묻고 웅크린 아기 고양이를 한참을 지켜보았다. 처량해 보였고 불쌍해 보였지만, 내가 관여하거나 만져서는 안 될 존재라 생각되어 그저 바라보기만 했다.

며칠 전까지 지켜봤던 아기 고양이들 중 한 마리였다. 나는 너를 안다. 아기 고양이들 중에서도 가장 작고 약한, 까만 턱시도를 입은 아이였다. 너는 나를 모를 텐데, 어찌하여 나의 머리맡에 웅크리고 있는가? 그런 쓸데없는 생각으로 한참을 그저 바라보기만 했다. 나머지 네 마리의 아기 고양이들과 엄마 고양이는 보이지 않았다. 해가 뜨고 지붕의 그림자가 담벼락으로 조금 더 가까워질 때까지도 오래오래 지켜보았다. 만지고 싶었지만 만져서는 안 된다는 생각이 여전히 더 컸다.

어미가 자리를 비운 사이에 이탈한 것 같지는 않았다. 그러기에는 하수구와 너무 가까운 위치였다. 하필이면 내 방 머리맡에 웅크리고 앉아서 움직이지도 못하고 떨고 있는 이유는 뭘까? 뒤뜰과 하수구를 다 살펴봤지만 다른 네 마리와 어미는 보이지 않았다. 며칠 전 고양이의 울음소리가 끊기고 난 이후 처음 듣는 소리였다. 분명 버려졌거나, 의도적으로 남겨진 것이라는 생각이 들기 시작했다. 그렇게 조금씩 나와 아기 고양이와의 거리가 좁혀지고 있었다.

여전히 움직임이 없었다. 기침 소리 한 번에도 반나절이 넘도록 하수구로 숨어버리던 예민한 이 생명이 어찌하여 미동도 없는가? 바로 곁으로 다가가도 나의 존재조차 느끼지 못하는지 신음소리마저 더욱 미세하게 땅으로 꺼지고 있다. 가만히 다가가 물속으로 가라앉는 어떤 진

귀한 보물을 건져내듯 가슴으로 들어 올렸다. 한눈에 봐도 힘이 없이 허우적거리던 얼굴은 오랜 시간 어미의 보살핌을 받지 못한 게 분명했다. 눈과 코와 입 주변이 지저분한 이물질로 말라붙어 있었다.

그 순간 우리는 눈이 마주치고 말았다. 희미하게 뛰는 심장이 운명의 손금을 따라서 전해져 왔다. 얼굴에서 가장 큰 부분을 차지하던 커다랗고 둥근 눈이 나를 올려다보았다. 극적인 서사와 연결시키려는 것이 아니라 찰나의 순간에 무심히 일어난 일이다. 손바닥에 쏙 들어오는 작은 아기 고양이의 공허하고도 밝은 눈빛이 내 심장 속으로 들어오기까지는 더 짧은 순간이었다. 뭉클했다.

온기가 전해지는 손바닥과 손금 사이로 콩닥콩닥 뛰는 어린 심장, 소리 없는 신음을 한꺼번에 전달하는 투명한 눈, 내가 생명에게 한 번도 느껴본 적 없는 감정. 책으로 읽거나 영화로 미리 학습된 감정이었지만, 그 찰나의 순간에 내 것이 되었다. 살면서 몇 안 되는 경험이었다.

내 심장에 너의 눈빛을 담고 싶다는 듯 가만히 안았다. 부서질 것 같은 작은 몸을 사랑 없이 오래 방황하던 늙은 여행자의 가슴에 밀착시켜 보았다. 너는 작은 소리를 내었다.

　야옹이 아닌, 아웅.

　그 소리는 너무 작아서 멀리 가지 못하고 우리의 가장 가까운 거리인 내 심장으로 들어와 쌓였다. 지금 너와 나의 심장은 붙어 있다.

　이상한 새벽이었고, 괴상한 아침이었다가, 신비로운 오전이라 생각했다.

　너는 그렇게, 살구가 떨어지던 날, 내 심장 가장 깊은 곳으로 떨어지듯 내게로 왔다.

　오고야 말았다.

그렇게
나는 선택되었다

예상할 수 있는 행복은 그리 큰 행복이 아닐 것이다.
그저 기쁨 정도 아니겠나. 아무것도 주지 않았는데 받았다면,
그것도 사랑이라고 생각한다면, 그게 가장 크지 않겠나.
우리는 예상할 수 없는 미래가 있기에 타인에게
기대지 않고 나에게 기대며 산다.

뒤뜰에서 한 걸음 한 걸음 조심스레 걸음을 옮겨 툇마
루에 내려놓았다. 움직인다라고도 하지 못할, 차라리 흔
들린다고 해야 맞을 작은 고양이. 높은 나무에서 떨어져
상처 난 살구처럼 툇마루에 엎드려 작은 소리로 울기만
했다. 낯설 것이다. 아직 세상과 한 번도 손잡아 보지 못
한 작은 생명이 낯선 것만큼 두려운 것이 있겠는가? 아무
런 정보도 없이 처음 간 나라에서 버스를 잘못 탄 한밤중

의 초보 여행자처럼 방향을 잃은 마음일 것이다. 북어를 미지근한 물에 불리는 동안 죽을 끓이고, 상자로 집을 만들고, 낡은 잠옷으로 침구를 만들었다. 절대 만져서는 안 된다던 단단한 그 마음이 찰나의 눈빛 하나에 이렇게 변하다니. 새벽부터 하루 종일 예상할 수 없는 일들만 일어난다.

밥과 북어를 넣고 끓인 그릇 앞에서 비틀거리며 여전히 몸을 가누지 못하는 이 생명에게 내가 해줄 수 있는 것은 무엇인가? 대신할 수 없는 안타까움이 이런 식으로 다가오다니. 그릇 테두리를 잡고 한참을 흔들거리더니 꽃잎 같은 작은 혀가 느리게 움직이며 세상의 맛을 본다. 미음을 만들었어야 했는데 경황이 없어 그런 생각조차 하지 못했다. 그저 안쓰럽고 처량해서 마음만 급했을 뿐이다. 잘못된 도움은 돕지 않는 것만 못하다는 것을 기억한다.

그래도 조금씩 먹는 양을 늘려 가더니 기운을 차리는 듯했다. 그런데 기운을 차린 그만큼 나의 시선에서 멀어지려 한다. 다시 살포시 잡아서 아기 고양이의 첫 집, 귤 상자 안으로 밀어 넣었다. 너의 첫 번째 안식처가 내가 아니라도 상관없다. 그 안에서 다시 밖을 볼 수 있다면 말이다.

아기 고양이는 오후의 햇살을 머리에 이고 흔들흔들 걷는다. 나의 반대 방향으로 걷는다. 거부하고 있다. 거부하지만 숨지는 않는다. 받아들여지지 못하고, 받아들이지 못한다. 그래도 우리 둘의 거리가 영 서운한 것만은 아니었다. 솔직히 그 순간에도 내게로 자진해서 다가오는 상상을 했다. 잔디가 무럭무럭 자라나는 마당에 작은 고양이 한 마리가 존재하는 생각만으로도 좋았다. 하수구가 아닌 잔디밭 마당에서 서로 견제하며 대치된 이 상황마저 설레었다. 괜찮다. 시간은 얼마든지 있으니 말이다. 지금 당장 어미 고양이가 나타나 데려간다면 실망 가득한 눈으로 바라보겠지만 지금은 괜찮다. 그런데 이 작은 고양이가 방향을 틀어 내게로 온다. 아, 이럴 수가 있나. 우리는 채 하루도 함께하지 않았는데 말이다.

내가 가지 않았는데 분명히 내게로 왔다.

내가 다가간 모든 것들이 멀어졌는데, 스스로 내게로 오는 존재가 있다.

기억한다.

엄지손톱만 한 작은 솜방망이가 무게도 없이 내 발등을 꼭 눌렀을 때를. 그 솜방망이의 위력을 기억한다. 작고 하얀 네 개의 발. 슬리퍼 위로 올라앉은 가벼운 몸 하나가 네 개의 도장을 찍었다. 비틀거리고 흔들리며 다가와 내 발등에 보이지 않는 도장을 찍었다. 아무런 무게도 없지만 세상에서 가장 강력한 힘으로.

그렇게 나는 선택되었다고 생각했다. 사랑은 말로 시작되는 것이 아니라 마음으로 시작되는 것. 행복이라는 것은 예상하고 기다리는 것보다 상상하지 못하는 순간에 일어나는 것이 더 크다.

늘 혼자였던 삶, 실패를 반복하던 삶인 줄 알았는데 이런 순간이 오고야 만다. 너는 그렇지 않을지라도 나는 알았다. 그게 사랑이라는 것을 나는 알았다.

'살구'라고
부르기로 했다

> 서로의 짐을 덜어주는 것이 아니라
> 각자의 배낭을 지고 나란히 걷는 것.
> 그것이 오래 함께 걸을 수 있는 가장 좋은 방법이다.
> 우리는 오늘부터 같은 길 위에 서 있다.
> 오래오래 함께 걷기 위해 각자 삶의 배낭을 점검한다.

간섭 없이 무심하게. 밥은 주지만 구속하지 않기. 같은 울타리를 쓰지만 각자의 공간에서 살기. 공유하되 독립적으로. 너는 고양이고 나는 사람. 그렇다고 짐도 아닌. 스스로 일어나 각자의 길을 걷는 여행자처럼 스칠 때마다 반갑게 인사하며 지내기. 그러다가 언제든 각자의 길을 축복하자.

밤새 읊조리며 다짐했던 단어들을 다시 점검했다. 떠

나는 것이 숙명이라 믿고 살아온 여행자가 다른 생명을 가까이 두고 거둘 수 있는 형편이 아니라는 것을 잘 안다. 더군다나 고양이를 거둘 생각은 전혀 없었기 때문에 위의 말들을 주문처럼 되뇌었다.

너도나도 어느 좋은 여행지에서 만난 여행자일 뿐이다. 잠시 머물며 따뜻한 인사를 나눈다고 해서 평생을 같은 방향으로 비슷한 방법으로 걸을 수는 없는 일이다.

테라스 아래 햇볕이 좋은 곳에 귤 상자로 만든 임시 보호소. 그렇다, 임시다. 언제 엄마가 다시 나타날지 모르니까 '임시'인 것이다. 아무리 바깥세상이 험해도 가족과 함께하는 것이 가장 좋다고 믿었다. 그래서 언제든 데려가라고 테라스에 내놓았다.

시골의 아침은 폐부 깊숙이 스며드는 신선한 공기가 좋다. 따로 영양제를 챙겨 먹을 필요도 없다. 그저 공기를 들이마시고 물 한 잔을 마시고 마당을 한 바퀴 돌면 몸이 가뿐해진다. 시골에서 사는 가장 큰 장점이다.

현관문을 열고 작은 마당을 내려다보는데 저기 처마 밑 잔디 위에 작은 털뭉치 하나가 곁눈질을 한다. 무사하구나. 늦은 밤까지 걱정이 되어 몇 번이나 내다보았다. 귤 상자 속 작은 고양이가 사라지진 않았을까, 해를 당하진 않았을까, 혹시 엄마 고양이가 벌써 데려가진 않았을까, 몇 번이나 생각하다 잠이 들었다.

내가 지어준 이름마저 아직 낯설어 쉽게 부르지 못했다. 여전히 어색한 마음 반, 반가운 표정 반으로 바라본다. 주먹만 한 털뭉치가 곁눈질로 눈을 깜빡이다가 고개를 숙이다가 하늘을 본다. 그 모습이 한 폭의 그림 같다고 생각했다가 문득 이야기일지도 모른다고 느낀다. 살아 있는 모든 생명은 사색을 하는구나. 아무리 작고 어려도 모든 움직임에 마음이 담겨 있는 것처럼 보였다.

가까이 가면 저만치 물러난다. 그런데 테라스에 앉으면 또 테라스 밑으로 다가온다. 아예 멀리 도망가거나 사라지진 않는다. 우리는 서로에게 적당한 거리를 두고 있다. 서먹함도, 친밀함도 아닌 낯섦 속에서.

싱싱한 귤이 그려진 상자 안이 지금으로서는 가장 안전한 피난처다. 물도 마시고 밥도 먹는다. 하지만 가까이 오지는 않는다. 밀당의 천재다. 지가 다가오는 건 괜찮고 내가 가까이 가는 건 안 된다. 그 작은 털뭉치가 그렇다 하니, 나는 그저 당해준다.

할 일 없는 백수 노총각이 푸른 잔디에 앉아 아기 고양이만 바라보고 있다. 이 모습을 누군가 본다면 한심한 일이라 생각할지도 모른다. 잠시 그런 부끄러움이 스쳤다. 그래서 뭔가 해야겠다고 생각했다.

이름을 지을까?

아무래도 함께 있는 동안은 이름이 있어야 하지 않을까?

지을까 말까 망설이던 그때, 햇볕에 녹아난 살구가 후두둑 잔디 위로 떨어졌다. 집 앞 공터에 나란히 서 있는 살구나무에는 가지가 휘어질 만큼 오렌지빛 열매가 가득했다.

그래서 살구.

불러본다. 부르다 보니, 시골스럽고 소박해서 마음에 들었다.

살구는 자기가 고양이에서 살구가 되어버린 줄도 모른다. 나는 내가 그렇게 부르기로 했으니까 부른다.

"살구."

입술을 모아 조심스레 발음하니 키스 한 번 해본 적 없는 사람의 키스처럼 어설픈 입 모양이 되었다. 나쁘지 않았다. 좀 더 순해 보이고 마음이 평온해지는 이름이다. 잘

지은 이름 같다. 낮은 흙담 위로 비늘처럼 깔린 검은 기와 근처에도 드문드문 살구가 탐스럽게 열렸다.

잔디밭을 걷던 살구가 나를 본다. 잔디밭 위로 비틀거리며 따라오는 작은 생명. 방향을 바꾸어도 자꾸만 내 발등으로 기어오른다. 이 살가움은 또 언제 익혔는가? 이 적극적인 태도는 또 누구에게 배웠는가? 이것이 이름값인가? 그렇다면, 나는 제값을 톡톡히 받고 있는 것이다.

살구라고 부를 때마다 다가와서 맴돈다. 하늘에서 조그맣고 귀한 물건이 떨어져 잔디밭 위로 파문을 일으키듯 동그랗게 맴돈다. 사람 마음을 간질인다. 나는 눈을 떼지 못하고 한숨 섞인 목소리로 다시 부른다.

"살구."

그러다가 깨닫는다. 키스가 끝난 입술이 계속 구걸하는 애틋한 모양이 되어버렸다는 것을. 나는 짧은 두 글자의 이름으로 더 가까이 오라고 애원하고 있었다. 모든 것은 이런 식으로 변한다. 아주 긴 시간을 두고 변하기도 하지만 찰나의 순간에도 변할 수 있는 것이 마음의 속성이다. 그런데 그게 사랑 아닐까. 애원하듯 내민 입술을 정리하려 해도 자꾸만 부르게 된다. 그 동그랗고, 귀엽고, 빠르게 번지는 작은 파문을 보기 위해.

그렇게 너는 나의 이름이 되었다.

우리는 오늘 약속을 했다. 살구라는 두 글자를 서로 나누어 가졌
다. 입술을 동그랗게 모으고 너를 부를 때마다 한 뼘씩 다가오던
발자국은 네가 내게 찍은 약속일 것이다. 그래, 우리 사랑하자.
함께 배낭을 메는 것이 아니라 나란히 메고서 가끔 서로의 짐이
무겁지 않을까 곁눈질로 걱정하자. 그렇게 해버리자. 책임 없는
사랑이 사랑이겠나. 사랑 없이 사는 삶이 삶이겠나.

어느 날 살구의
엄마가 찾아왔지만

모든 인연에게 멀어지려고 길을 나섰다.
내가 최종적으로 기대어 살아갈 것은 무엇일까?
그 의문을 품고 반평생을 걸었지만 여전히 답을 찾지 못했다.
그러다 깨달았다. 사람은 누구에게도
완전히 위로받을 수 없다는 것을.
그래서 나는 이기적인 여행자가 되기로 했다.

툇마루에 웅크린 주먹만 한 작은 생명. 어쩌다 여기에
남겨진 걸까? 살구라는 이름을 지은 것은 어쩌면 함께 살
겠다는 마음이 있었기 때문인지도 모른다. 하지만 이 어
린 것은 사람보다 엄마의 품이 그리울 것이다. 자신의 의
지와 상관없이 가족에게서 이탈한 존재는 여행자가 아니
다. 소외된 자다. 소외된 자를 내 편으로 만들어 함께 걷
는다는 것은, 말해도 나아지지 않는 불편한 과거를 짊어

지고 걷는 것과 같다.

그래도 매일 아침 내 앞에서 서 있는 살구는 그저 해맑았다. 강제로 가족과 분리된 구석이라고는 찾아볼 수 없었다. 벌써 가족을 잊은 걸까? 아니면 애써 기억하지 않으려는 걸까? 그걸 보는 내 마음이 쓸쓸하다고 해서 어린 생명의 마음을 함부로 해석하는 것도 문제다. 그러고 보니 나는 아직 살구의 성별도 모른다. 부모와 가족의 탄생은 누구도 선택할 수 없는 운명인데, 그것을 잃었을 때 대체 가능한 게 무엇이 있을까? 그게 정말 내가 될 수 있을까? 시간이 지날수록 걱정이 쌓였다.

나는 이 산속으로 홀로 떠나와 다시 예전처럼 여행자가 되기 위해 자발적 고립을 선택한 사람이다. 그런데 문득 다가온 이 생명. 내게 어떤 의미일까? 지금이라도 내가 마음을 접고 배낭을 꾸려 먼 길을 떠난다면 살구는 어떻게 해야 하는가?

작은 테라스에서 바라보는 풍경은 단순했다. 파릇해진 잔디와 감나무 너머로 걸린 하늘이 전부다. 그런데 이제 세상에서 가장 귀여운 생명이 연출하는 장면 하나하나가 내 하루를 가득 채운다. 적당한 거리를 두며 우리는 다정함을 쌓아간다. 살구는 작은 꼬리를 안테나처럼 세우고 자신을 송출한다. 잔디에 코를 박고 뒹굴다가 작은 발로 땅을 파고 배설을 하거나, 보이지 않는 무언가와 대화하듯 먼 산을 바라본다. 이 모든 게 대사 없이 흘러가는 명장면처럼 새롭다. 어떤 관계에서는 처음 만난 사람과 친해지는 것이 아득히 먼 대륙처럼 느껴지기도 했고, 어떤 사람에게는 오랫동안 만난 사람처럼 친밀하게 다가가기도 했다. 그렇지만 살구는 함부로 안을 수 없는 존재다.

그러던 순간 대문 앞 수돗가 근처에서 유심한 눈길이 느껴졌다. 살구의 엄마였다. 나중에 알게 된 사실이지만 살구의 엄마는 '카오스'라고 불리는 얼룩무늬를 가진 강한 인상의 고양이였다. 포스가 상당했다. 그 순간에도 살구는 배고픈 듯 밥그릇을 핥고 있었고 나는 교감선생님처럼 그 둘의 거리를 가늠하고 있었다. 한편으로는 엄마가 나타나 다행이라는 생각과 안도감도 들었다. 살구를 집 안에 들이지 않은 것은 아무래도 현명한 선택 같았다.

환한 대낮에 엄마가 찾아와 우리를 지켜보고 있다. 엄

마는 감나무 밑 물확 위에 올라앉아 낮은 소리로 살구를 부른다. 살구는 엄마의 기척을 느끼고, 아장아장 걸어 엄마 곁으로 간다. 반가움이라기보다는 아직 걸음마가 서툰 아기가 걷듯 흔들거리며 간다. 엄마는 더욱 적극적으로 소리를 냈고 살구는 빨려 들어가듯 엄마에게 향했다. 뒤에 선 내 쪽으론 돌아보지도 않았다. 나는 남이었으니까 당연한 일이다.

엄마는 한참 동안 물확의 테두리에 앉아 애틋하게 살구를 그루밍했다. 뜨거운 낮, 그늘 속 찰랑이는 물확. 그 위의 엄마와 아기. 앞선 이별이 없었다면 그저 평화로운 한 장면으로 여겼을 것이다. 그런데 나는 그들의 이별에 관해 알고 있었기에 애틋하게만 보였다.

살구야, 너와 나는 이렇게 이별하도록 하자.

누군가와의 재회를 위해 나는 자발적 이별을 선택할 수밖에 없었다.

그렇지만, 모든 것이 제자리를 찾아가는 거라는 걸 알았지만, 내 마음에는 설명할 수 없는 크기의 공허함이 뚫려 있었다. 안도의 서러움이라고도 할까? 엄마를 따라가는 것이 당연한 일이라 생각하면서도 서운함이 밀려왔다. 거

대한 구멍이 뚫린 마음으로 그 풍경을 바라보았다. 살구
는 엄마를 따라갔다. 작은 몸이 물확에서 뛰어내렸다.

살구가 엄마와 함께 떠난 쪽은 처음 내가 밀양에 왔을
때 해가 기울어지던 저녁이면 바라보던 도시 쪽, 하늘이
열린 곳이다. 그리운 것들을 이기지 못하던 내가 매일 서
성거렸던 자리였다. 내 심장보다 작은 털뭉치가 엄마의
숨소리를 따라가는 것은 그리움 때문이 아니라 삶의 본
성이기 때문이다.

그 짧은 봄의 오후에 우리는 처음처럼 각자가 되었다.
좋은 이별이라 생각했다.

테라스에 앉아 그 순간을 촬영했던 동영상을 보는데
현실감이 없었다. 내 눈앞에서 일어난 일인데도 비현실
적이다. 살구 엄마는 오랜 시간 나타나지 않다가, 왜 뜬금
없이 이토록 화창한 날에 나타나 내게 우울을 주고 가는
가? 부모가 자식을 데리고 가는데 우울이라니. 나는 내가
참으로 이기적이고 또 이기적이라 생각했다. 언젠가 이
런 일을 일어날 것이라 예상했기 때문에 살구를 마당에
서 살게 한 것이 아닌가. 해피엔딩이라 생각하고 말아야

할 일이다.

그런저런 생각에 잠겨 더욱 공허해진 마당을 바라보는데 살구의 울음소리가 들려왔다. 사라진 방향에서 들리는 소리였다. 대문 안에 주차된 차 밑에서 살구가 웅크리고 앉아 울고 있다! 시커먼 그늘 속 새하얗게 울고 있는 살구. 차마 대문 밖으로 갈 용기는 없고 엄마가 사라진 쪽을 바라보며 목 놓아 울고 있다. 나 역시 이러지도 저러지도 못하고 살구를 불러보지만, 살구는 뒤돌아보지 않는다.

나 때문에 엄마가 다시 오지 않는 건가 싶어 나는 그 자리를 떠났다. 그래도 끊이지 않는 살구의 울음소리. 그 시간이 심란하고 괴로웠다. 오후의 새들이 집을 찾아 허공을 가로지르는데, 철책처럼 날카롭고 얇은 비명이 동구 밖으로 퍼져나갔다. 서러운 살구의 울음이 자꾸만 크게 들려 허망하게 뚫린 마음이 더욱 무너졌고 어느 낯선 나라에서 잘못된 사건에 휘말린 사람처럼 당황스러웠다. 하지만 짐작할 수 있었다. 어쩌면 살구 엄마는 마지막 인사를 하러 온 것인지도 모른다.

이별이 그렇게 쉬울 리가 없다. 하지만 이별에 값을 치러야 하는 것이 왜 남겨진 쪽일까? 살구 엄마를 원망하며 눈시울이 붉어졌다. 비틀거리며 마당으로 들어오는 살구를 봤다. 작은 몸으로 토하듯 울며 들어서는 살구는 자신의 울음을 밟고, 선택의 여지가 없는 길로 들어서는 고아처럼 서러웠다. 왈칵 눈물이 났다. 헤어져 본 적도 없는 자식이 돌아온 것처럼 이유 없는 대견함과 안쓰러움이 함께 몰려왔다. 길지도 않은 시간에 일어난 그 일은 작은 살구의 몸에 쇳덩이를 하나 더 달아 놓은 것처럼 비틀거리게 했다.

조금 전 엄마에게로 다가가던 것처럼 우리의 간격이 좁아지고 있었다. 살구의 엄마가 돌아온 것도 안도였고, 함께 떠난 것도 안도였고, 내게 비틀거리며 가까워지는 순간도 안도였다. 그 여러 가지 안도의 순간은 아직도 내게는 문신처럼 박혀 있다.

작은 몸으로 이별의 이별을 경험한 발걸음은 세상의 온갖 서러움을 짊어지고 걷는 자의 뒷모습처럼 처량했다. 서럽고 처량한데 배는 고팠는지 나를 한 번 올려다보고는 다시 아까 먹던 것을 먹기 시작했다. 저렇게 슬픈데 밥이 넘어가는 걸까? 아니지, 다만 바라보는 내 마음이 슬픈 것이지. 어쩌면 살구는 늙은 나보다 더 큰 마음을 가졌는지 모른다고 생각했다.

나는 밤이 오기 전이라 다행이라고 생각하며 살구를 안았다. 작은 몸으로 이별을 견뎌내고 남은 나머지의 무게는 더 가벼웠다. 그렇게 내 품에서 잠시 고요했다가 다시 엄마를 만난 물확으로 비틀비틀 걸어간다. 이별 후 처음 만난 자리며 다시 이별한 자리다. 어쩌면 아직도 남아 있을 엄마의 냄새는 슬픔의 냄새보다 강할 것이다. 동그란 물확에 찰랑거리는 빗물들이 살구의 작은 얼굴을 그리고 있다. 자신의 얼굴을 바라보며 생각하는 엄마는 흔들리고 흔들린다.

살구는 여전히 엄마가 떠난 방향으로 고개를 빼고 운다. 그 그리움의 자세는 인생이 무너지는 자세처럼 비스듬하지만, 결코 주저앉지 않을 마음으로 견디는 굳건한 자세이기도 하다. 언제나 그리운 것은 멀리 있고, 가까운 현실은 처절하다. 그러나 이제 그 처절에 놓인 시간 속에서도 우리의 늦은 봄날을 떠올리며 웃을 날도 있을 것이다. 그것을 살구도 알았으면 좋겠다. 나는 떠나버린 살구 엄마의 마음은 헤아리고 싶지 않다. 떠난 사람들의 마음을 우리가 굳이 헤아릴 필요는 없을 것이다.

　부모와 자식은 생각하거나 떠올리는 것이 아니라, 늘 가슴 속을 오가며 마음이 한 번도 멈추지 않은 거라고 말하고 싶던 밤. 남겨진 우리는 늦봄을 견디고 있었다.

　살구야, 이제는 정말 내가 너의 엄마이자 아빠가 되었구나.

마침내 내게로 온
세상에서 가장 가벼운 존재

운다. 아침에도 울었고 화창한 한낮에도 울었다.
밤새 울었고 새벽 별이 사라지는 것을 보면서도 울었다.
비 오는 저녁에도 울었는데, 그 울음은
빗소리를 뚫고 쏟아졌다. 살구의 울음은
사라진 것을 다시 채우려는 노력처럼 보였다.
왜 우는지도 모르게 되었을 때 비로소 고요해졌다.

살구 엄마가 다녀간 이후 하루는 맑았고 이틀은 비가
내렸다.

맑은 하루 동안 마당 이곳저곳을 돌아다니며 태양에
서 떨어지는 날카로운 빛처럼 울어대던 목소리는 비가
내리는 이틀 동안 젖은 장작처럼 묵직해졌다. 어린 몸으
로 내지르는 울음은 생각보다 날카로웠고 그 무게가 컸
다. 가끔 담장 너머로 지나가는 이웃들이 신경을 쓰는 것

이 느껴졌다. 그리고 나는 어느새 슬픔에 휘말려 있었다. 나이와 존재를 초월해 세상의 모든 슬픔은 그렇게 무거운 것이다.

아궁이 옆 겨울을 나기 위해 빼곡히 쌓아둔 장작더미에서 기척이 들렸다. 처절한 울음, 안간힘으로 누군가를 부르는 신호. 빈틈없이 쌓인 장작더미 속, 그 허술한 틈에서 울려 퍼지는 애절한 목소리. 저러다 비에 젖어 꺼져가는 불씨처럼 사라질까 봐 애가 탔다.

살구는 엄마를 부르고, 나는 살구를 불렀다. 그러나 우리는 여전히 소통의 방향이 엇갈려 가까워지지 않았다. 살구는 몰래 나와 사료를 먹고는 다시 어딘가로 숨어 들어가 울었다. 비가 내리는 동안 장작더미의 빈공간을 메우려는 듯 어딘가에서 살구의 울음소리가 들렸다.

운다는 것은 내 안에서 빠져나간 만큼의 아픈 공간을 메우기 위해 채우는 것이기도 하다. 그러나 차곡차곡 쌓이는 그 소리는 칼날 같았고, 바늘처럼 뾰족해서 듣는 이를 아프게 했다. 아렸다. 어릴 적 누군가 울면 나도 따라 울곤 했다. 서러워서 혹은 두려워서였다. 혹은 혼자 우는 것보다 둘이 우는 것이 낫다고 여겼던 것일 수도 있다. 그러나 시간이 지나면서 알게 되었다. 어떤 식으로든 동참한다고 해서 개인의 슬픔을 대신할 수는 없다는 것을. 잃어버렸던 눈물들이 장작 쪽으로 더해지는 밤, 살구는 두 번째 버려진 것이고 나는 두 번째로 서운한 것이었다.

그렇게 사흘 밤낮을 울더니 어느 순간 살구는 처절함을 벗어던지고 순한 눈을 하고서는 아침 햇살 아래 앉아 있었다. 자세는 고요했다. 남는 것 하나 없이 다 토해낸 듯해 다행이라 생각했지만, 너무도 고요했다. 어린 것이 이토록 결연할 수 있을까 싶을 정도였다.

"살구야"

불러도 대답이 없었다. 살구는 슬픔조차 관여할 수 없는 깊이의 맑은 눈으로 나를 바라보았다. 나는 살구를 품에 안고 머리를 쓰다듬었다. 울음을 전부 쏟아낸 살구의 몸. 살구의 질량은 정말 바람 같았다. 내가 경험한 가장 가벼운 존재. 나를 올려다보는 살구의 눈엔 따뜻함과 쓸쓸함이 가득했다.

목소리가 나오지 않는다. 숨소리만 있을 뿐이다. 간혹 허공을 향해 입을 열지만 소리는 나지 않았다. 온 집안을 날카롭게 울리던 소리는 이제 들리지 않는다. 살구는 간헐적으로 울긴 했지만 그것은 소리가 아니라 모양이었다. 나는 알았다. 소리도 형태를 가진다는 것을.

입을 벌려 목소리를 짜내는 동안 돌덩이가 떨어지듯 온기가 내 가슴으로 떨어진다. 그러나 멀리 가지 못한다. 부모에게서 물려받은 맑고 청아한 목소리마저 내게 주고, 이제는 고요한 숨소리만 남았다. 나의 첫 번째 아픔, 그리고 인연이 된 후 첫 번째 슬픔이었다. 나는 받아들였다. 그러므로 그것은 전부 내 것이기도 했다.

목소리를 잃은 것인지, 일시적으로 목이 쉰 것인지 알 수 없었다. 그저 안아주고 쓰다듬는 것이 유일한 위로라 여겼다. 우리는 아직 서로를 잘 모른다. 각자의 슬픔은 각자의 몫으로 남는다. 그러나 곁을 지키는 것, 그것이 유일한 방법이라는 것은 알고 있다. 오래전 어느 낯선 섬의 여행에서 애인을 잃고 목 놓아 울던 여자를 보았던 적이 있다. 그녀에게도 위로의 말을 건넬 수 없었다. 등 뒤에서 함께 파도의 움직임을 바라보는 것이 전부였다. 그렇게 우리는 함께 시간을 통과했다.

남겨진 자의 의무는 시간을 되돌리는 것이 아니라 좋았던 것만 기억하는 것이다. 때로는 슬픔의 힘이 새로운 사랑을 만들기도 한다고 누군가 내게 말해주었던 것처럼. 나는 그 여자의 슬픔에 대해 함부로 말할 수 없었지만 그때처럼 지금도 어쩔 수 없다. 곁에 있어 주는 것. 작은 살구를 쓰다듬으며 무슨 말이라도 건네보는 것, 그게 전부다. 이토록 슬픔은 전염성이 강하다. 그 전염은 함께 벗어나지 않으면 치유되기 어려운 일이기도 하다.

살구가 부모를 완전히 잃었다는 이유만으로 나는 온전히 부모가 되었다. 다 울고 목소리마저 사라진 오늘, 비로소 너의 내가 되어야겠다고 생각했다. 원하지 않았던 시나리오였지만 결국 이렇게 되고 말았다. 그렇다면 이제 너의 슬픔도, 기쁨도, 희망도, 우리의 삶이 될 것이다. 나는 그렇게 자꾸만 살구에게 관여하게 되었다.

이러다 정말 배낭을 멜 수 있을까?

너로 인해 발이 묶이고 마는 게 아닐까?

우리의 시간을 공유하는 것이 가능할까?

슬픔의 시간 속에서도 나는 여전히 나의 미래를 걱정하는 철없는 부모 같다. 미안하지만 나도 부모는 처음이라 어쩔 수 없는 일이라 이해해다오.

우리가 지금의 시간을 무사히 통과할 수 있다면, 언젠

가 다시 맑고 청아한 목소리로 너의 노래를 들려주렴. 꼭,
그래 주렴.

우리 사이에 생기기 시작한
어떤 진심

계획하지 않았던 여행지에 우연히 도착했을 때
왠지 여기여야 할 것 같은 기분이 느껴질 때가 있다.
북인도나 파키스탄의 어느 산골짜기에서 맞이한 오후처럼.
약간의 두려움? 정체를 알 수 없는 어떤 기대감?
정확하게 설명할 순 없지만
오랜 여행자만이 가질 수 있는 느낌이 있다.

내게 아무것도 하지 않는데 그 자체로 모든 것을 하는
존재. 이게 무슨 말일까? 어떤 행동도 하지 않을 때조차
나를 강렬하게 끌어당긴다는 것. 이럴 수가 있나? 첫사랑
이 그랬던가? 기억나지 않는다. 분명히 그냥 자고 있거나
그냥 앉아 있을 뿐인데도 나는 어쩔 줄을 모른다. 만지지
도 못할 만큼 애처로워서 그저 바라만 본다.

　살구는 아직 제 목소리를 찾지 못한 채 과일 상자 안의 어두운 구석에서 회복 중이다. 간혹 눈을 마주치면 입만 벌리며 우는 시늉을 한다. 시늉이 아니라 우는 것이거나 누군가를 부르는 것일 텐데, 다만 소리가 나지 않을 뿐이다. 살구의 울음은 통역되지도 않고 소통되지도 않지만 우리 사이에는 신뢰가 생기기 시작했다. 나만의 일방적인 생각일지도 모르지만, 마치 낯선 여행지에서 우연히 발견한 천국처럼 말로 표현할 수 없는, 오로지 마음에만 존재하는 현상을 눈앞에서 발견한 것 같다.

　살구의 코끝에 손가락을 대면 짙은 숨소리가 느껴진다. 구슬처럼 반짝이는 눈은 더욱 밝은 빛을 낸다. 상대에게 몸으로 나타내는 신호가 더욱 짙어지거나 길어진다면, 그것은 분명 사랑이다. 사랑하기 전 처음으로 잡은 손과 사랑이 시작되며 잡는 손의 온도가 분명 다르듯이, 완전히 회복되지 못한 어린 몸은 내가 부르는 소리에 반응하기 시작했다. "살구야" 하고 부르면 머리를 들거나 서너 발자국 가다가 멈춘다. 느린 속도지만 지금 이 컨디션에서는 전속력이라 생각한다. 그러면 살구가 한없이 기특하다.

몸은 아직 자라지 않았는데 마음이 먼저 자라서 내게 오는 것이라 생각했다. 사랑은 이렇게 시작된다. 서로를 믿기 시작하면서부터 말이다. 손조차 잡을 마음이 없었다가도 인연이 계속 스치며 마침내 깍지를 끼고 평생을 함께하는 사람처럼, 너와 나 사이에 어떤 진심이 시작되고 있다. 내가 걸어온 수많은 낯선 길들, 세상 위에 새겨진 나만의 발자국들, 그리고 오늘 다시 내 안에 새롭게 새겨지는 작은 솜방망이의 파문. 우리는 새로운 여행을 시작하고 있다. 우리는 몸보다 마음이 더 빨리 자라고 있다.

가장 중요한 것들은 보이지 않는 것이라 믿는다. 또한 보이지 않는 마음이 때로는 가장 명백하게 느껴지기도 한다. 마음의 크기는 몸집과 상관이 없다는 것을 우리는 안다. 내 심장보다 작은 몸을 가진 저 생명 안에서 뛰고 있는 마음이 내게로 향하고 있다는 것을 느끼고 있다.

Chapter 2

나는 점점 수다스러워지고
우리는 자주 눈을 맞춘다

씻기고 나니 살구는
더 예뻐졌다

간격을 두고 싶었다.
사람과 사람 사이의 간격일 수도 있었고
이상과 현실 사이의 간격일 수도 있었다.
너무 가까워 서로의 얼굴을 바라볼 틈조차 없었다가
일순간 돌아서면 아득히 멀어지는 일.
간격 없이 밀착된 것들은 오래가지 못했다.

살구는 아직 목소리가 나오지 않는다. 그래도 이제는 부르면 주저 없이 온다. 곁에 와서 눈치를 보며 몸을 비빈다. 이 산중에서 너와 나, 둘만의 시간이 밀착되고 있다. 어색하면서도 행복하고, 행복하면서도 불안하다. 이대로 영영 목소리가 나오지 않을까 걱정이 된다.

인적 드문 마당에 이웃들이 가끔 살구를 보러 온다. 할머니는 "뭣 하러 고양이를 들이냐"며 핀잔을 주지만, 곧

"고거 참 귀엽네" 하시며 웃는다. 오후 햇살이 덮이는 시간, 병뚜껑과 나뭇가지로 장난을 치다가 내 무릎 위에서 잠이 든다. 신기하다. 신뢰는 시간의 길이가 아니라 마음의 깊이로 만들어진다는 것을 알게 됐다.

나는 살구가 나와 살기 위해서라기보다 조금 더 나아지기 위해 이곳에 있다고 생각했다. 아직은 언제 어미가 다시 올지 모른다는 생각이 들어 집 안에는 들이지 않았다. 이대로 마당 고양이로 살아가도록 두고 싶었다. 서로를 묶어두지 않는 범위 안에서 보호하고 또 사랑을 주고받는 관계면 좋겠다고 생각했다.

지나간 이별들은 어쩌면 너무 가까이 두려 했기 때문에 오히려 가장 멀어지는 결과를 만들었는지도 모른다. 돌이켜보니 늘 그랬던 것 같다. 외로움이 많아서 나는 자주 떠났다. 붙잡아주는 이도, 붙잡아둘 용기도 없어 배낭을 애인 삼아 떠나기를 반복했다. 쉴 새 없이 떠돌며 내 외로움이 발각되지 않기를 바랐다.

그렇게 각자의 공간을 두고 여행자처럼 살기로 했지만, 나는 버릇처럼 가까워지고 싶어 하루 종일 살구를 부르고 찾았다. 낡은 아궁이 장작더미를 놀이터 삼아 놀거나, 어딘가에 숨어 있는 살구를 찾는 것이 내 새로운 습관이 되었다.

주먹만 한 살구는 장작더미의 작은 틈에서도 정글짐 처럼 즐겁게 이동했다. 그것은 배운 것이 아니라 타고난 것이었다. 방향 감각이 뛰어난 나는 세상 어디에 두어도 길을 잃지 않을 자신이 있었다. 그것은 배워서가 아니라 살아남기 위해 부여받은 감각이라 여겼다. 한 번도 가본 적 없는 낯선 길에서도 방향을 잃어본 적이 없었다. 내게 는 끝내 제자리로 돌아오고야 마는 습성이 있다.

어린 살구에게도 이 낡은 집이 새로운 세계이자 끝없 이 궁금한 세상이겠지. 살구는 하루 종일 작은 몸으로 온 집안을 돌아다닌다. 텃밭을 종횡무진 누비며 몸집만 한 이물질들을 묻힌다. 순진한 눈으로 허공을 보다가 나를 보기도 한다. 그 모습마저 귀엽다.

유월의 밀양은 이미 한여름이었다. 대구가 덥다지만 밀양은 더운 걸 넘어 뜨겁게 느껴졌다. 두 번째로 맞이하 는 밀양의 여름을 나는 '밀도네시아'라고 부르기 시작했 다. 마당 한가운데 놓인 대야에 지하수를 채우고 뜨거운 햇볕 아래에 두면 찬물은 금방 미지근해졌다. 그러면 나는 살구를 불렀다.

누군가를 씻겨본 적 없는 내가, 더군다나 고양이를 씻겨본 적이 있을 리 없다. 살구와 내가 함께하는 모든 일은 전부가 처음이라고 해도 무방하다. 따뜻하게 데워진 대야 속으로 들어온 살구는 착하고 순한 아기 같았다. 살구는 아직 물이 뭔지 모른다. 그래서 스스로 입수할 수 있었다. 온몸이 젖은 살구는 더욱 작아졌는데, 다리는 내 손가락보다 가늘었다. 나는 살구의 등과 봉긋한 배를 조심스럽게 만졌다. 우리는 그렇게 서로를 알아갔다. 뜨거운 태양이 마당을 파고드는 오후, 살구를 씻기며 나는 지금까지 살아온 시간을 다시 시작하자는 마음을 가졌다.

대야에서 살구의 작은 몸을 건져내어 태양에 말렸다. 단 한 번의 발버둥도 없었다. 단지 어리둥절한 표정을 지을 뿐이었다. 내 손바닥에 온몸을 맡긴 채 커다란 타올에 감싸여 있던 살구. 세차게 돌아가는 드라이어 앞에서 살구는 얼굴을 내미는 착한 아기처럼 순했다.

이 모든 것이 내가 사랑을 다시 배워나가는 학습이었다. 사랑이 없던 내 삶에 그렇게 조금씩 사랑이라는 것이 채워지고 있었다. 작은 몸이 가르쳐주는 커다란 사랑. 나중에 알게 된 사실이지만 고양이는 따로 목욕을 시키지 않아도 된단다. 얌전히 목욕에 응하는 고양이 또한 드물다고 한다. 나의 무지가 이 두 가지를 뛰어넘어 아무렇지 않게 씻기고 말리고 닦아냈던 것이다.

씻기고 나니 살구는 더 예뻐졌다. 나는 태양이 기울어가는 툇마루에 누워 살구의 기특함을 칭찬했다. 깨끗해진 작은 몸을 가슴에 품고 쓰다듬었다. 병아리처럼 부드러운 털과 얼음처럼 맑은 눈. 지금 내 눈앞에 펼쳐지는 이 광경은 북인도의 어느 들판처럼 아름답고 평화로웠다. 내 가슴을 가볍게 누르고, 내 숨소리에 맞춰 들썩일 만큼 작은 생명이 거대한 히말라야가 둘러싼 어느 들판으로 나를 데려갔다.

엄마도 잃고, 목소리도 잃은 작은 생명이 내 품에 안겨, 가벼운 발놀림으로 나를 더듬고 있다.

처음 익히는 점자를 읽듯, 살구와 나 사이에서 일어나는 신중하고 또박또박한 교감과 진동.

그렇게, 우리만의 언어가 쌓여간다.

오늘도 새로운 한 페이지가 서로에게 입력된다.

가방에 살구를 넣고
산책을 했다

해가 뜨면 걸었고 해가 질 때까지 또 걸었다.
새우깡 하나를 사기 위해 한 시간을 넘게 걸었고
계절의 안부를 살핀다는 이유로 하루 종일 걷기도 했다.
어느 날부터 우리는 함께 산책을 했는데
'우리'라는 단어를 떠올리곤 행복감에 젖곤 했다.

살구는 목소리가 돌아왔다. 그리고 더욱 활발해졌다. 하루가 다르게 몸집도 부풀려 나갔다. 좋은 공기만 마셔도 몸이 회복된다는 것은 진리다. 밀양의 가장 깊숙한 곳에 자리한 표충사, 그리고 그곳을 둘러싼 재약산은 이름 그대로 약이 되는 산. 나는 이른 새벽 잠에서 깨거나 마음이 복잡할 때마다 늘 그곳으로 갔다. 표충사 마당을 한 바퀴 돌고, 재약산에서 흐르는 냇가를 건너 사자평까지 오르기도 했다. 때로는 산책이었고, 가끔 등반이 될 때도 있었다.

산책과 등반 사이에는 높은 계단이 있다. 홀로 하는 산책과 등반 모두가 자문자답의 시간이지만, 산책은 혼잣말 같고 등반은 굳은 다짐 같다. 걸음의 결이 다르기 때문이다. 힘을 빼고 걷느냐, 힘을 주고 걷느냐에 따라 마음도 달라진다. 나는 자주 산책을 했다.

툇마루는 고작 허벅지 길이였다. 그 툇마루는 나의 서재이자 명상 장소이며, 살구의 놀이터이자 전망대이기도 했다. 비가 오는 날이면 빗방울이 튀어 들 정도로 좁았다. 나는 그곳에서 책을 읽거나 낮잠을 자다가 얼굴을 온통 그을리기도 했다. 그렇지만 햇볕을 쬐는 만큼 몸이 건강해지는 기분이 들었다.

밀양에서 나는 걷는 것이 나의 유일한 할 일이자 직업처럼 느껴질 때가 있었다. 그래서 하루의 대부분을 툇마루에서 보내고 나면 나는 본능적으로 걸을 준비를 했다. 내가 나가면 집에 혼자 남겨진 살구는 내가 돌아올 때까지 장작더미에서 놀거나, 잔디밭에서 무언가를 찾으며 시간을 보내야 한다. 한낮에는 걸을 수 없을 만큼 더워서

해가 기울어 거뭇해지는 시간에야 집을 나섰다.

이웃집을 지날 때마다 뭔가를 주는 곳이 많았다. 아니면 차라도 한 잔 마시고 가라고 했다. 그래서 가끔은 인사도 없이 이방인처럼 그냥 지나쳤다. 집으로 돌아올 때는 들고 나간 작은 가방에 늘 무언가가 담겨 있었다. 산책의 수확이었다. 그렇게 내 직업이 점점 산책이 되어가고 있을 즈음, 나는 살구를 가방 안으로 불러들였다.

살구는 별말 없이 가방에 들어와 나를 올려다보았다. 살구는 순하고 또 순해서, 내가 원하는 것에 거부감이 없었다. 나는 그때만 해도 모든 고양이들이 그런 줄 알고 있었다. 가방에 살구를 넣고 산책을 나갔는데, 이렇게 함께 걸을 때면 산책이 무슨 대단한 업적처럼 느껴졌다. 집 앞을 조금 지나 내려놓으면 그림자처럼 딱 붙어 따라왔다.

그 시간에 바깥을 걷는 것은 우리뿐이었다. 그래서일까, 살구는 내 옆에 더 가까이 붙었다. 이 작고 귀여운 것이 내게 이리도 큰 기쁨을 주는구나. 살구가 나를 살갑게 따라올 때마다 사실 나는 조금 쓸쓸해졌다. 어린 것이 정붙일 곳이 없어서 나에게 기대는 걸까, 마음이 짠했다. 이웃이 있지만 내가 혼자인 것처럼. 내가 있지만 어쩌면 살구도 혼자일 것이다. 얼마간 그렇게 걷다가 살구를 가방 안에 넣고 말을 걸었다.

"살구야, 좋아?"

살구의 눈은 해가 지는 산 너머를 향했다가 곧 나를 빤히 올려다보며 "아웅~" 하고 짧게 대답했다.

우리다. 나는 우리라는 말이 내게는 영영 없을 단어라고 생각했다. 그런데 이 작은 생명이 내게 그 단어를 선물한 것이다. 혼자 자문자답하며 걷던 머나먼 길이 이제는 서로 이야기를 나누며 함께하는 길이 되었다.

우리. 함께 걸을 수 있는 사이. 손을 맞잡고 걷는 연인처럼, 손깍지를 끼고 걷는 친구처럼, 살구도 내게 우리다. 우리는 점점 더 우리가 되어간다.

저녁의 고즈넉한 시골길을 걸으며 살구에게 시골의 풍경을 설명해 준다. 그렇게 시간을 보내고 돌아오는 길, 대문 앞에서 살구를 내려놓으면 오랜 여행에서 돌아온 여행자처럼 집을 향해 있는 힘껏 달려간다. 어린아이가 부모의 이름을 부르며 제 할 일을 해내듯 말이다. 이런 살구가 나는 대견하고 이쁘다.

오랜 여행에서 돌아왔을 때의 나도 저런 모습이었을까.

이제는 우리 집에 살구가 있다. 남들은 촌집에 혼자 사는 남자라 생각하겠지만 나는 혼자가 아니었다.

살구의
야간자율학습 시간

> 꿈이라 생각했다가, 꿈속의 꿈이라고도
> 생각했지만 그것은 엄연한 현실이었다.
> 간혹 꿈같은 현실도 꿈속의 꿈처럼 다가올 때가 있다.
> 고양이들이 열대어처럼 헤엄치던 그날의 밤처럼.

여름이 부서지는 틈 사이로 푸른 잎들은 늙어갈 일만
남았다. 잎이 늙어가기 시작하면 태양의 결과물들은 탐
스럽게 익어간다. 시골의 일상은 내게 집중되지 못하고
바깥 풍경에 마음이 휩쓸려 다닌다. 꽃이 필 때는 꽃만 바
라보며 열광했지만, 속을 채워가는 열매를 보면 한때 꽃
이었던 것은 잊어버린다. 마음이 변한 것이 아니라 새로
운 진심이 생겨난 것이다.

　살구나무의 살구가 떨어진 지 오래되었지만, 살구보다 더 예쁘게 굴러다니는 저 어린 몸은 지칠 줄 모르고 멈추지도 않는다. 간혹 함께 태어난 형제들이 나를 경계하며 길목에서 바라볼 때도 살구는 종일토록 혼자 뒹군다. 파란 잔디와 무성해진 화단의 초록, 그리고 하늘까지도 나무에 가려져 초록으로 물든다. 한낮의 새들이 더위를 가르며 활강하는 허공, 하릴없는 우리들의 마음처럼 간헐적인 변화만 있을 뿐이다. 그나저나 가을이 오려나 보다. 이제 살구한테는 내가 완전한 부모이고, 형제이고, 친구이다. 살구도 그렇게 생각하겠지?

　저녁이면 텃밭의 푸성귀들을 따서 헹군다. 그러면서 바깥 아궁이 근처에 놓인 그릇을 보면 어김없이 비워져 있다. 언제 다녀간 것일까. 이런 걸 보면 고양이들은 보이지 않는 생명 같다. 엄마가 데려갔던 살구의 형제들은 이제는 독립을 해서 살구와 밥을 나눠 먹는다. 가끔은 엄마가 먼저 왔다 가고, 형제들은 서너 마리씩 함께 오기도 한다. 혼자 오는 다른 아기 고양이도 있다. 살구는 그 모든 풍경을 빤히 바라보는 착한 막내다. 그러면서도 자기 그릇을 내어주고도 한 번도 어울리지 못하는, 그들과 함께

하지 못하는 타인이기도 했다. 나는 가끔 살구의 형제들이 야속하기도 했는데, 그러면서도 살구가 나에게 더 확실히 기울기를 바라는 마음도 있었다.

환한 여름 저녁, 초록의 밥상을 물리고 나면 별이 하나둘 떠오른다. 황토방에 누워 통유리 창 너머로 빠르게 번지며 다가오는 어둠을 본다. 시골의 밤은 전력 질주해도 잡을 수 없을 만큼 재빠르다. 얼굴을 방바닥에 붙이고 바다처럼 뚫린 밤하늘을 올려다보면 마치 이국의 휴양지 같기도 하다. 드문드문 떠 있는 별들 사이로 달빛이 비치는 고요의 밤. 별들이 부딪혀 짤랑거리는 듯한 아름다운 소란에 고개를 든다.

허리춤 높이의 낮은 기왓장 황토 담벼락 위에 살구의 형제들이 열대어처럼 나란히 줄지어 앉아 있다. 하지만 그 대열에 합류할 수 없는 유일한 한 마리가 있으니 바로 살구다. 살구는 엄마와 마지막으로 재회했던 물확 위에 앉아 허공의 달을 바라보듯 파도처럼 넘실거리는 기왓장 위의 형제들을 바라보고 있다. 자칫 소외된 낙오자처럼 보일 수도 있지만 꼭 그런 것만은 아니다. 살구의 야간자율학습 시간이었다. 한낮에는 바람처럼 왔다가 사라지던

야속한 형제들이 밤이 되면 살구에게 몰려와 가르침을
주고 있었다.

살구는 내 허리춤에도 미치지 못하는 담벼락을 오를
수 없었다. 약하고 작은 몸집 때문이었다. 그래서 형제들
은 매일 밤 그를 교육하고 있었던 것이다. 보고도 믿지 못
할 풍경이었다. 하지만 그건 오직 그들만의 세상. 내가 관
여할 수 없는 일이었다. 나는 휴대폰으로 그들만의 야간
자율학습을 찍었다. 살구는 작아서 휴대폰 화면 속을 여
전히 벗어나지 못하고 있었다. 형제들은 이리저리 살구
를 부르며 위치를 조정하고 있었다. 살구는 조금 벅차 보
였지만 학습 능력을 발휘하지 못하는 열등생이 아니라,
그저 저학년일 뿐이었다. 월담을 위해서는 월반이 필요
한 것 같았지만, 그건 쉽지 않아 보였다.

그렇게 며칠을 더 지켜보았다. 시골에서는 저녁상을
물리고 나면 완벽한 암전이 찾아든다. 달빛과 별빛만이
담벼락을 비춘다. 야간자율학습 3일째가 되던 밤, 어둠
속에서 물확 위를 밟고 비상에 도전하던 살구는 몇 번의
시도 끝에 마침내 한 마리 유연한 열대어가 되어 넘실거
리는 기왓장의 파도 위에 올라탔다. 감동적인 풍경이었

다. 그들의 학습은 광활한 아프리카 대륙의 다큐멘터리에서만 볼 수 있는 것이 아니었다. 밀양의 깊은 산중에서도 이뤄지고 있었다.

수백 번의 추락에도 끝내 성공한 그 장면은 내겐 부모가 아이의 학예회 피날레를 보는 것처럼 감동적으로 다가왔다. 유일한 참관자가 어두운 방 안에서 조용히, 하지만 열렬하게 박수를 보냈다는 것을 살구는 알까? 그날 이후 형제들은 밤마다 몰려와 함께 훈련했다. 네 마리였다가 어김없이 다섯 마리가 되는 시간. 살구는 버려진 것이 아니라 독립을 위해 이별을 했던 것인지도 모른다. 한배에서 태어나 각자의 삶을 꾸려가는 동안 유일한 보호자는 나였지만, 어둠이 가려진 시간 속에서 그들의 격려가 살구를 성장시키고 있었다.

도시에서 멀어져 시골의 나날을 사는 동안 나는 자주 서울 방면을 향해 누웠다. 깊은 잠에 빠진 날이 많았지만, 꿈을 꾼 건지도 깬 건지도 모를 새벽도 잦았다. 그렇게 구분 없는 생각들과 실천 없는 시간 속에서 나는 나를 겨우 버텨내고 있었다. 그러나 저 어린 것들은 안간힘을 다해 별을 따듯 담을 넘었다. 그들의 연대는 달빛처럼 빛났다.

나는 시도해 보지도, 실천해 보지도 않은 것들을 불가능이라 치부하고 말았지만, 살구는 밤마다 몰려오는 형제들 덕분에 기왓장 위로 날아올라 파도의 제일 꼭대기를 밟고 다시 감나무에 매달렸다. 살구는 거기서 새로운 풍경을 만났을 것이다. 살구는 제 몸을 부풀려 뛰어오르는 법을 터득했다.

한여름을 지나며 무성해진 감나무잎 사이로 살구가 열렸다. 꽃보다 크고 열매보다 가벼운 살구는 날마다 성장하고 있다. 살구는 내가 가르칠 수 없는 것들을 내게 선보이며 오늘도 발랄하다.

우리, 함께
달밤을 걸었다

멀리 있는 것이 그리운 것이 아니라
그리운 것이 멀리 있다. 언제나 반대편에 있다.
곁에 둘 수 없는 모든 것은 그렇다.
가까이할 수 없는 것일수록 더 선명하다.
그리운 것은 모두 멀리 있지만 소멸되지는 않는다.
그리운 것들은 밤하늘의 달과 같다.

보름달을 앞둔 어느 밤, 살구와 함께 산책을 하다가 문득 어린 시절의 엄마가 떠올랐다. 아버지는 엄마가 친정에 가는 걸 좋아하지 않으셔서, 몇 년에 한 번 추석을 앞두고 친정을 다녀오는 게 전부였다. 그럴 때면 엄마는 꼭 막내인 나를 데리고 갔다.

버스를 타고 기차를 타고, 다시 버스를 타고 내려 걸어야 하는 시골길. 휘영청 밝은 달이 길을 비추고 있었다.

한복을 곱게 차려입은 엄마와 그 위로 선명하게 떠 있는
보름달. 어둠이 깊어질수록 나는 엄마 손을 더 꼭 잡았다.

"엄마, 외갓집은 아직 멀었어?"

그럴 때마다 엄마는 말했다.

"저기 달 아래, 저기까지만 걸으면 돼."

하지만 걸어도 걸어도 가까워지지 않던 달. 몇 번을 묻
고 몇 번의 대답을 들어도 걷는 만큼 달이 밀려나던 그
때. 나는 보름달처럼 환한 엄마의 한복도 좋았고, 외갓집
에 풀어놓을 선물들도 자랑스러웠다. 하지만 무엇보다도
엄마와 나란히 걸을 수 있다는 게 가장 좋았다. 그 누구도
개입하지 않는, 오직 엄마와 나만의 시간과 공간. 그 달이
영원히 가까워지지 않아 새벽까지 걷는다 해도 투정 부
리지 않았을 밤의 여행.

어둠 속에 도착한 엄마와, 엄마의 엄마는 몇 년에 한
번밖에 만날 수 없는 희귀한 사연을 가진 사람들처럼 반
가워했다. 할머니와 엄마가 서로를 바라볼 때, 그 얼굴에
얼마나 많은 감정이 오갔는지는 어린 나의 눈에도 달처
럼 선명했다. 그 순간 내 손을 한 번도 놓지 않았던 엄마.
엄마와 나의 시간이 밀양 어느 귀퉁이 산자락에 묻혀 있

을 것이다.

내가 그리워하는 모든 것을 밤하늘에 숨겨놓은 것처럼 나는 날마다 밤하늘을 본다. 그리고는 삶의 목표처럼 선명하게 떠 있는 달 아래를 걷는다. 걸으면 걸을수록 달이 가슴에 내려앉는데 하나도 무겁지 않다.

나도 살구에게 커다란 달이 되고 싶은 밤이다. 살구는 내 그림자가 될 것처럼 바짝 붙어 걸으며 낮은 풀들을 스친다. 모두가 잠든 밤, 나와 살구의 산책. 아무리 걷고 걸어도 달은 가까워지지 않지만, 달은 언제나 영원히 밤하늘에 환하게 떠 있을 것이다.

그냥
둔다

홀로일 때, 비 오는 날이면 그저 좋았다.

쓸쓸함이나 외로움이 깊어지는 것도 혼자가 아니라고 생각했기 때문이다.

비는 혼자 오는 법이 없다.

늘 무언가를 데리고 내린다.

허나, 너를 걱정한다.

생애 처음 내리는 비를 홀로 마주하며 장작 안으로 숨죽인 너를 걱정한다.

걱정되면 품으면 될 것을 그냥 둔다.

그냥 둔다.

너 또한 이 빗소리가 그리워질 수 있도록

그냥 둔다.

같은 것을 사랑하기에는 시간이 아주 많이 필요할지도 모르니까.

어쩌면 안 올지도 모르니까.

그냥 둔다.

또 그렇게 되기를 바라는 마음으로.

우리가 서로에게
고양이였더라면 얼마나 좋았을까

좋은 것을 좋다고
싫은 것을 싫다고 말할 줄 알았더라면
그랬다면 우리는 지금 함께였을까?

간혹 주말마다 찾아오는 유일한 방문자가 있다. 작은누나다. 작은누나는 새벽부터 풀을 뽑다가 해가 뜨면 밥을 차려 준다. 주말 하우스로 정했던 이곳에 내가 눌러앉는 바람에 이제는 쉬러 오는 것이 아니라 노동을 위해 오는 것처럼 됐다. 매번 올 때마다 삼시 세끼를 차리고 텃밭과 마당의 잡초를 뽑는다.

그게 미안해서 나도 풀을 뽑는다. 그러고 있는데 살구

가 엉덩이에 몸을 밀착한 채 '아웅~ 아웅~' 하고 바라본
다. 이건 안아달라는 소리다.

풀 뽑던 손을 털고 한 손으로 들어 올리면 상춧잎보다
조금 크고 무겁다. 그렇게 내 주변을 뱅글뱅글 돌다가 뒤
돌아본다. 따라오라는 거다. 내가 따라가지 않으면 다시
뒤돌아본다. 살구는 나를 데리고 밥그릇 앞에 앉아 '아웅'
하고 운다. 밥이 남아 있을 때도 있는데, 그건 간식을 달
라는 소리다.

살구는 끊임없이 나와 대화한다. 알아들을 수 없는 여
러 소리들은 대부분 무언가를 요구하는 신호다. 자신이
원하는 것을 확실하게 말하는 것이다. 나는 살구와 정반
대다. 마음에만 담아두고 발설하지 못한 채 돌아서 후회
하는 편이다. 어쩌면 상대방의 마음을 잘 안다고 생각했
기 때문일 수도 있다. 나는 말하지 못하는 말들, 조심스러
운 말들, 아픈 말들을 간직하는 사람이었다. 그래서일까,
누군가 나와 마주 보며 침묵하고 있어도 나는 그 마음속
말들을 해석하기도 했다.

그런데 살구와 나누는 대화는 조금 달랐다. 우리는 조
금 단순하고 직설적인 언어로 소통했다. 살구의 음성은

점점 더 청아하고 높은 소리로 변해 갔다. 원하는 것이 멀리 있거나, 급할수록 목소리가 더욱 높아졌다. 살구는 간단하게 말하지만 나는 여전히 장황하게 늘어놓는다. 짧고 간결한 살구의 말에 대한 나의 대답은 길고도 길다.

이 적막한 산중에서 살구는 나의 유일한 친구가 되었고 나는 점점 수다스러워졌다. 날씨 이야기를 하고, 광고 일을 하는 친구의 안목에 대해 말하고, 뉴스를 전하며 살구를 무릎에 앉혔다. 살구는 비교적 잘 들어 준다. 대답도 없이 조용히 듣고 있다, 그러다가 가끔 눈을 맞춘다. 반박 없는 대화는 재미가 없지만, 그 찰나에도 나는 내가 변하고 있다는 것을 알고 있다.

시골로 내려온 이후 혼잣말이 늘었다가 살구가 온 후로는 둘이서 본격적으로 대화를 나누게 되었다. 생각해 보니, 누군가 내 이야기를 이렇게 들어 준 적이 있었던가? 반대로 내가 누군가의 말에 이토록 귀 기울여 들어본 적이 있었던가? 그러지 못했던 것 같다. 그래서 데면데면한 사람은 많았고 진심으로 사랑한 사람은 없었다.

오래전 너를 마주할 때마다 나는 참으로 불안했다. 돌아서면 참담했고, 뜸해지면 처참했다. 그래서 더욱 자주 여행자가 되었던 것 같다. 외로움은 언제나 불리하다. 어디서나 그렇다. 너의 짧은 다정함에 나는 자주 속았고, 매번 무너졌다. 싫은 것을 싫다 하지 못하고, 오히려 싫은 것마저 좋다고 했다. 그랬다. 세상을 아무리 많이 걸어도 누군가의 마음을 결코 가질 수 없다는 것을 알았다. 오직 내 마음만 있고 그 어디에도 없던 일. 대답 뒤의 결과가 두려워 질문하지 못했던 많은 날들. 외로움은 나약하고, 언제나 불리하다. 그래서 그 시절, 배낭만이 유일한 위로였던 것인지도 모른다. 너는 내게 아주 가끔만 좋은 사람이었고, 그때 우리가 나눈 것은 지금은 이 세상 어디에도 남아있지 않다. 몸으로만 나눈 것들은 절대로 시간을 이기지 못한다.

우리가 서로에게 고양이였더라면 얼마나 좋았을까. 살구처럼, 고양이들처럼 말이다. 싫은 것은 싫다고 말하고, 좋은 것은 좋다고 말하며 서로에게 밀착했더라면 얼마나 좋았을까. 그렇게 분명했더라면 얼마나 좋았을까. 너무나 후회되는, 하지만 결코 되돌릴 수 없는, 다시 돌아올 수 없는 것들을 나는 살구에게 일러 주었다.

느리지만
전속력으로

사랑하면서도 사랑하지 않는 것처럼 냉담하게 대하는 사람.
사랑하지 않으면서도 말로만 사랑한다는 사람.
둘 중 누가 더 나을까. 이런 영양가 없는 고민을 하면서
하루하루를 보냈다. 모두가 사랑인데 말이다.

어쩌다 사랑을 잃고 여행자가 되었다. 온 힘을 다해 사
랑했던 사람에게 한순간 거부당한 후, 살기 위해 여행을
택했다. 여행이 길어지면서 내가 여행인지, 여행이 나인
지도 모르게 되었다. 더 이상 나아갈 수 없을 때, 내가 선
택한 모든 것들은 나와는 반대편으로 가고 있었다. 그래
도 쉬지 않고 떠났다. 숨을 쉬듯 떠났고, 바람처럼 머무르
지 않았다. 그 길이 나를 살리는 길이라 생각했다. 그렇게

믿었다.

어쩌다 고양이를 얻고, 배낭을 멀리하고 집에서 안식하게 되었다. 이상한 감정이었다. 이번에는 내가 선택한 것이 아니었는데도 그냥 그렇게 받아들여졌다. 그런데 내가 선택했던 어떤 일보다도 순조롭고 평화로웠다. 선택된다는 것은 없던 자존감을 발휘하는 일이었다. 내가 선택했던 모든 것들은 한순간 불처럼 타올랐다가 찬물을 끼얹은 것처럼 순식간에 사라지곤 했다.

하지만 살구는 다르다. 날마다 조금씩 아주 조금씩, 느리지만 전속력으로, 가벼운 몸으로 거세게, 그렇게 말없이 나를 그의 세계로 끌어들이고 있었다. 살구는 내게 사랑해 달라고 말하지 않는다. 좋아해 달라고 부탁하지 않는다. 어쩌면 그렇기 때문에 나는 늘 곁에 있고 싶은 건지도 모른다.

처음엔 의무라고 생각했지만 지나고 보니 도리였다. 도리라고 생각했지만 알고 보니 인연이었다. 그런데 필연일지도 모르겠다. 필연이 짙을수록 우리는 더 좋을 것이다.

같은 곳을 보는 것이 아니라 마주 볼 수조차 없었던 일들까지 끌어안았다가 내려놓는 일의 허무함을 알고 있다. 그래서 그냥 지켜보려고 한다. 그냥 지켜보는 일이 나중에 마주 보는 일이 될 것이다. 그리고 끝내 같은 곳을 향해 걸어가는 걸 발견하게 되지 않을까. 그때쯤 우리는 더욱 멀리 가 있을 것이다.

만지고
쓰다듬는 일

만진다는 것은 현재도, 미래도 아니다. 과거다.
누군가를 만지며 나의 경험을 상상하는 일.
세상에서 가장 부드러운 물질에 마음을 부비는 일.
만진다는 것은 현재가 아니다. 과거다.
지나간 일들 중 가장 아름답고 부드러운 것들이
자꾸만 생각나기 때문이다.

비가 온다. 여름으로 가는 길목, 푸른 것들을 더욱 푸르게 성장시키려 비가 내린다. 홀로 잠든 밤, 고양이처럼 살포시 내리는 빗소리를 듣고 있으면 꿈속에서도 살구의 부드러운 곡선과 그르렁거리는 음성이 현실처럼 들린다. 시골집 지붕 위로 떨어지는 비는 단순한 비가 아니다. 그것은 시간을 붙잡고 몸을 정지시키고 마음을 확산시킨다.
책상 절반만 한 툇마루에 앉아 떨어지는 비를 만진다.

만지다가 내가 된다. 잠시 고였다 흩어지고 사라진 빗방
울들은 흘러내린 것이 아니라 스며든 것이다. 그렇다고
생각한다. 모든 감각을 열어 고요히 비 내리는 마당을 바
라본다. 부드러운, 아주 부드러운 일들이다. 시골에 내려
와 살기로 마음먹었을 때부터 부드러운 감정들이 스며들
기 시작했다. 누구나 상상할 수 있는 사소한 것들을 누리
며 살게 되겠구나 하고 생각했다. 그럴 때마다 나는 세상
에서 조금씩 멀어지고 잊히겠지. 그리고 더 많은 것을 감
당해야 하겠지. 그렇지만 그렇게 깎여 나가며 나는 더 부
드러운 내가 되겠지.

　살구의 이마를 만지다가 등을 쓰다듬는다. 그건 누군
가 내 심장 속으로 슬며시 손을 넣어 마음을 만지는 일과
비슷하다. 비는 자주 내리고 나는 자주 손바닥을 펴 비를
감촉한다. 빗방울이 손바닥에 닿는 가벼운 감각이 다시
하늘로 튕겨 오른다.

　손톱 사이로 스치는 부드러운 털들. 사랑하는 사람이
오랜만에 입은 좋은 코트의 결을 조심스레 어루만지는
것처럼 살구의 몸을 만지는 순간은 그렇게 조심스럽다.
손끝에 털이 스치고 지나가는 탄력. 하루 종일 반복해도

질리지 않을 감각이다. 그러다 손끝이 멈추면 살구는 투명한 전구 같은 눈망울로 나를 바라본다. 그 순간 내 심장은 녹아내린다.

만지다, 만지다가, 내가 되었다. 바라보는 것과는 완전히 다른 일이다. 고양이를 안아 보거나 만져 본 적 없는 사람이라면 고양이를 부정할 수도 있겠다는 생각이 들었다. 얇게 뛰는 심장 소리, 목 안쪽에서 흘러나오는 것 같지만 사실은 마음 깊은 곳에서 울려 나오는 진동. 사람들은 그것을 '골골송'이라고 부른다. 고양이가 낼 수 있는 소리 중 가장 값어치 있는 소리다. 그 진동이 무릎을 타고 내 가슴으로 이어질 줄 상상이나 했던가? 그 소리를 들으며 나는 또 다른 내가 되어 가고 있다.

지금까지 살아오며 이토록 집중하고, 이렇게 지속적이며, 이토록 섬세하게 만졌던 것이 있었을까? 긴 머리카락, 귓불, 부드러운 목선, 낮은 음성들. 그것들은 내게서 떠난 지 오래되었다. 하지만 살구가 내게 주는 것은 그 감각을 되살려 주는 것이 아니라 완전히 다른 감정들이다. 비가 내릴수록 무릎에서 배로 파고드는 작은 심장 소리. 그것은 이제 내가 책임져야 할 의무이기도 하다.

  동물과 함께 한 공간을 쓰며 내 무릎을 내주고, 그 작
은 생명을 어루만지는 일. 상상 속에서도 없던 일이었다.
작정하거나 결심한 일도 아니었다. 그냥 그렇게 되어 버
린 일이다. 오히려 그것이 좋았다. 작정이나 결심이 아니
라 그럴 수밖에 없어서 그렇게 되는 것. 누군가에게 마음
을 주고 곁을 내줄 때도, 의도가 아니라 그냥, 당신이었기
때문인 것처럼.

여행자의
고양이

떠나지 않는 여행자가 있을까?
함께하는 이별이 가능할까?
우리는 그곳을 등지고
떠나지 않는 여행자가 되기로 했다.

늦은 태풍이 지나간 후 빠른 속도로 단풍이 물들기 시
작했다. 단풍이 드는 건 상처가 스스로 회복되듯 자연스
러운 일이지만, 그 속에는 적잖은 안간힘이 들어 있을 것
이다.

모든 일이 그렇다. 나는 자유로웠으나 적당히 외로웠
고, 고립 속에서도 무한한 자유를 누리며 여러 계절을 보
냈다. 누군가 내려준 것이 아니라 스스로 자처한 일이었

기에 후회는 없었다. 다만 지나간 시간들이 있을 뿐이다.

이유 없이 아픈 몸으로 이곳에 내려와 지내는 동안 많은 것이 좋아졌다. 부족하게 만나고, 과하게 자고, 정처 없이 걷는 것만으로도 치유되는 병이었다. 여행 같지 않은 여행이라 생각했지만, 어떤 면에서는 오히려 진정한 여행이었다는 생각이 든다. 볕이 좋은 툇마루에 살구와 나란히 앉아 지나온 시간을 들여다본다. 먼 이국의 땅보다 더 낯설었던 이곳에서 나는 많은 변화를 겪었다. 잘 자고 잘 쉬는 동안 빠르게 회복되었지만 그만큼 생활과는 멀어졌다. 여행자는 가난이 일상이지만 이 가난이 더 궁핍해지는 시점이 왔다. 이제 다시 제자리로 돌아가야 한다. 예정보다 빨랐지만 그건 나아졌기 때문이리라. 그리고 살구가 생겼다. 그 때문인지 마음에 힘이 생겼다. 힘은 용기를 만들고 용기를 내어 마침내 말해 본다.

"살구야, 우리 서울 갈까?"

왠지 즐겁기보다는 쓸쓸한 이 말을 살구에게 꺼내기가 조심스러웠다. 몸이 아팠을 때 이곳을 마지막 병원처럼 여겼고, 이 생활을 올바른 처방이라 알고 지냈다. 다섯 번의 계절이 바뀌는 동안 이곳에 익숙해진 몸과 마음은 서울이라는 곳을 몇 개의 국경을 넘어야 닿을 것 같은 아득한 곳으로 만들었다. 나는 늘 낯설다. 나 때문에 내가 낯설다. 익숙해지면 떠나고, 낯설어지면 돌아오기를 반복한다. 몸속에는 늘 바람이 불고, 불안을 양식처럼 삼킨다. 그래야만 내가 되는 것 같았다.

몸이 나아졌다고 느낀 순간, 아이러니하게도 가장 불안했던 것은 이제 배낭을 꾸릴 수 없을지도 모른다는 생각이었다. 살구가 없었다면 가능했을 것이다. 하지만 서울로 돌아가야겠다고 생각한 순간부터 살구가 가장 큰 문제가 되었다. 그건 생각보다 쉬운 문제가 아니었다.

여기서 났으니 그냥 두고 가도 될 거라는 다른 이들의 말이 귀에 들어오지 않았다. 사실 처음 살구와 함께 살기로 마음먹었을 때, 살구를 방 안으로 들이지 않았던 이유 중 하나도 언젠가 내가 다시 배낭을 꾸릴 거라는 사실을 알았기 때문이었다. 살구는 이곳에서 자유롭게 드나들며 끼니를 해결하고, 새로운 가족을 만들고, 나는 또다시 여행자가 되어 세상을 걸어갈 것이라 생각했기 때문이다.

하지만 살구는 아무 말이 없다. 나는 다시 명랑한 목소리로 묻는다.

"살구야, 우리 함께 서울 갈까?"

살구가 무릎 사이로 올라앉는다. 작고 따뜻한 몸.

"아웅."

내가 무슨 말을 하든 청아한 목소리로 대답하는 살구를 믿어보기로 한다. 이 작은 것을 두고 간다면 평생 가슴에 커다란 구멍이 뚫린 채 살아가야 할 것이다. 시간이 지나면 괜찮아질 일이 아니다. 무뎌질 수는 있어도 사라지지는 않을 것이다.

"그래 살구야, 우리 같이 서울 가자!"

이렇게 말하고 나니 여행 허가가 나지 않은 나라의 특별 비자를 받은 것처럼 안도감이 밀려왔다.

결정했다. 함께 간다면 더 좋아질 것이다. 아주 귀중한 것을 배낭에 넣고 조심스레 입국을 기다리는 여행자처럼 가슴이 두근거리기 시작했다.

나는 홀로 여행자가 아니다.

살구의
문장들

옆구리에 머리를 문지르며 올려다보는 눈빛이 간절하다.

그 간절함이 좋아서 모르는 척 안아주지 않는다.

동그랗게 파문을 그리며 느리게 맴도는 친밀.

하얗게 배를 드러내며 부르는 소리에 다정이 있다.

온몸으로 발산하는 짧은 문장들.

안아주세요.

만져주세요.

간단하고 확실한 말들.

그 문장들을 유추하며 길지 않은 외면을 해 본다.

날마다 던지는 말들 속에

내가 가지지 못한 좋은 것들이

작은

몸에

다

있다.

살구가 잘하는 것들을 받아 쓰며 내가 조금씩 자라고 있다.

공손은 언제나 친밀하고,

다정함은 늘 깊다.

그런 진심에는

외면이 길어질 수 없다.

가볍게 안고 어루만지며 오늘도 살구의 문장들을 받아 쓴다.

오늘부터
우리는 서울 남자

> 너는 행복을 의무로 알고 살았으면 한다.
> 내가 그렇게 해주려 한다.

봄에 내려와 가을에 떠난다. 홀로 사계절을 지냈고 새로운 봄에 살구를 만나 깊은 가을에 함께 떠난다. 함께. 자부심 가득한 단어지만 그 뒤에는 '잘 지낼 수 있을까?' 하는 걱정이 그림자처럼 붙어 있다. 살구가 그렇고 내가 그렇다.

마지막 밤은 길었다. 꿈 없이 뒤척이는 동안 새벽이 되었고 기사님은 예정보다 더 이른 시간에 도착했다. 뭔가

좀 야속했다.

이삿짐을 싣는 동안 살구를 본채 화장실에 잠시 가둬 두었는데, 작은 화장실 창문을 가볍게 열어버리고 널브러진 짐들 사이를 가로질러 뛰쳐나가 버렸다. 순간, 우리가 이렇게 헤어지는 걸까? 하는 생각이 스쳤다. 하지만 순한 살구는 내 목소리에 꼼짝 못 한다. 살구는 다급한 내 기색을 알아채고 다시 돌아왔다. 나는 이런 살구가 기특했다.

이웃 어른들과 짧게 인사를 나누고 나를 반짝이게 했던 시골집을 떠난다. 작은 트럭 앞자리에 우리는 나란히 앉아 있다. 살구는 얌전히 앞을 보고 있다. 나는 묵묵히 흔들리며 밀양과 작별했다.

아쉬움도 컸고 불안도 컸다. 그럴 때마다 살구의 배를 쓰다듬으며 스쳐 지나가는 풍경을 외면했다. 내려올 때는 혼자였지만 이제는 함께 올라간다.

서너 시간 만에 시골을 벗어나 서울에 도착했다. 마치 겨울옷을 벗고 봄옷으로 갈아입은 듯 간편했다. 거기에 있던 것들은 여기에도 있었다.

가을도 우리를 따라 함께 왔다. 성북동 북정마을, 내가 살던 곳으로 다시 왔다. 거실 앞으로 거대하게 펼쳐진 은행나무는 여전히 지구상의 노란 깃발처럼 나를 반긴다. 여행에서 돌아올 때마다 내 이정표가 되어주던 커다란 은행나무. 밀양에서 대문을 지키던 감나무를 그대로 옮겨온 듯하다. 이 정도의 거대한 은행나무라면 밀양에서 여기 성북동까지 서너 걸음이면 충분할 것 같다.

본채보다 마당이 넓었던 시골과는 정반대로, 마당이라 부를 수 없는 작은 마당이 있는 언덕배기 내 작업실. 살구는 이제부터 서울 살구다. 그나마 있던 마당에도 나갈 수 없고 나와 같은 공간을 써야 한다. 첫날인데 얼마나 낯설고 어색할까? 그래도 내가 더 가까이 있으니 살구도 좋아했으면 좋겠다.

"살구야! 너도 오늘부터 서울 남자야!"

감나무와 푸른 잔디밭, 아궁이 장작 대신 책장과 카펫, 식탁 위를 산책하며 견고한 성북동을 내려다본다. 커다랗게 열린 창으로 서울 풍경이 빼곡히 다가오지만 살구는 그 풍경 속을 직접 걸을 수 없다. 나는 살구에게 서울 남자가 지켜야 할 몇 가지 규칙을 알려준다.

"이 창문을 넘는 건 금지야. 그러니까 저기 보이는 모든 곳은 네가 갈 수 없는 곳이야. 저 대사관촌은 각 나라를 대표하는 대사들이 살거나 연예인들이 사는 곳이지만, 네가 있는 이 집이 더 좋은 곳이야! 저 사람들은 창문을 열면 회색의 낡은 판자촌이 보이지만 우리는 매일 예쁜 풍경을 볼 수 있잖아. 산책할 때 가끔 저 골목을 지나기도 하는데 길고양이 한 마리도 없는 높은 담벼락에 갇힌 곳이더라고."

피해의식 가득한 주의사항이지만 실제로 나는 이 집을 사랑한다. 세를 들어 사는 집이지만 내 집처럼 소중하게 여긴다. 그래서 밀양으로 내려갈 때도 집을 빼지 않고 선배에게 부탁해 남겨두었다. 서울에서 이런 동네를 다시 찾기는 어려울 것이다.

부자 동네 성북동 대사관촌과 정면으로 마주하고, 서울 성곽을 인생의 견고한 벨트처럼 두르고 있는 북정마을. 가파른 비탈에 기울어진 지붕들이 머리를 맞대고 한 사람이 겨우 지나갈 수 있는 골목이 손금처럼 얽혀 있다. 부실하고 낡았지만 정겹고, 편리함보다는 불편함이 많은 곳. 도시에서 도시가스를 쓸 수 없는 좁은 골목에서 민들

레처럼 뿌리를 박고 계절의 온도를 온몸으로 느끼며 살아야 하는 곳이다.

골목 끝에는 만해 한용운의 생가 심우장이 자리 잡고 있다. 그곳으로 이어지는 길에는 계절마다 길고양이의 발자국이 찍혀 있다.

밀양으로 내려가기 전, 작은 마당에 놓았던 길고양이 밥그릇을 선배가 계속 채워주었다. 하지만 이제 살구는 더 이상 밖에서 밥을 먹을 수 없다. 내가 아무리 애써도 들어갈 수 없는 건너편의 견고한 집들처럼 살구에게도 벗어날 수 없는 경계가 생겼다.

우리가 그 경계를 잘 지키며 살다 보면 조금 더 좋은 때가 오기도 하겠지. 이런 위로의 말들을 애써 꺼내 놓고 보니 이 정도의 결심은 저 건너편 사람들도, 도시에서 살아가는 모든 생명들도 다 하는 정도의 일일지도 모르겠다는 생각이 든다.

다시 시작된 서울의 날들, 성북동의 생활, 북정마을의 삶. 혼자가 아니라는 것부터가 좋은 출발이다.

그렇게 우리의 첫날 밤이 무사히 지나가고 있었다.

별똥별처럼 노란 은행잎이 낙하하던 밤.

내 소원과 희망은 우리가 오래도록 함께이기를.

Chapter 3

여행자의 말들을 나누며
우리는 함께 살자

가을이라는 계절처럼
아름답기를

너는, 나로 인해
가장 특별했으면 한다.

거실이 온통 노란빛이다. 거대한 은행나무의 금빛 찬란한 잎들이 하루 종일 박수를 치며 추락한다. 눈을 감고 올려다본 하늘도 노란빛이다. 분명 눈을 감았는데도 노랗게 어른거린다. 북정마을의 깃발처럼 우뚝 선 은행나무 덕분에 살구에게 서울이 낯설지 않기를 바란다.

바람이 불 때마다 빛처럼 부서지며 추락하는 은행잎들. 그 빈자리가 하늘을 만든다. 우리가 살던 시골집 앞마당의 거대한 은행나무와 닮아 있어서 얼마나 다행인가 생각했다.

살구는 알까? 태어나 지금까지 모든 것이 자신의 의지로 이루어지지 않는 삶. 그런 생각이 들 때마다 북인도의 어느 가난한 집 마당에서 덩그러니 홀로 남아 부모를 기다리던 아이의 말간 얼굴이 떠오른다. 땅으로 꺼지듯 내려앉은 지붕 아래에서 간식 한 번 제대로 챙겨주지 못하는 부모를 향해 단 한 마디 불평도 하지 않을 것 같은 순한 얼굴을 가진 아이. 예쁘고 깊은 눈망울을 가진 아이.

살구도 다르지 않을 것이다. 본인의 의지와 상관없이 묶여버린 지금, 나는 살구가 이 세상에서 가장 특별했으면 한다. 노랗게 물든 은행잎들이 낡은 골목을 환하게 비추는 것처럼, 이 가을의 가장 아름다운 순간을 우리가 함께 나누었으면 한다. 그리고 오래도록 사랑하기를 바란다.

살구가 모든 것을 사랑하는 감정으로 자라길 바란다. 내가 가진 것을 나누고 내게 없는 좋은 것들까지 누리며 계절처럼 아름답길 바란다.

나는 이제 더 이상 허공에 마음을 널어 대상 없는 사랑을 기다리지 않는다. 곁에서 따뜻하게 숨 쉬는 이 생명에

게, 우리가 선택할 수 없었던 삶과 서로를 선택한 관계에
게 편지를 쓴다. 오늘도 머리를 부비며 온몸으로 다가오
는 이 작은 생명에게 쓴다. 내 모든 마음을.

살구는 어쩌면
천재?

> 삶이란 결국 긍정적으로
> 살아가는 수밖에 없다.

　나는 공부를 잘하지 못했다. 책상에 앉아 있는 것은 좋아했지만 예습이나 복습 같은 것에는 관심이 없었다. 대신 낙서와 공상을 빙자한 망상을 즐겼다. 공부를 못했기 때문에 차선책으로 미술학원에 등록하는 기회가 생겼다. 공부도 잘하면서 그림도 잘 그렸다면 더없이 많은 칭찬을 받으며 살았겠지만 절반의 칭찬으로 만족해야 했다. 그래도 험난한 세상을 그럭저럭 헤쳐왔다. 비교적 내가 잘할 수 있는 것을 찾았기 때문이라 생각하고 안도하고 있다.

공부보다 그림에만 열중해도 졸업이 가능했던 대학은 나를 직장으로 보내 주었다. 그러나 그 안도의 시간도 오래가지 못했다. 광고회사에서 디자이너로 일하면서도 마음은 늘 세상 밖을 향해 있었기 때문이다. 결국 남들처럼 꾸준히 다니지 못했고, 몇 차례의 사표를 쓰면서 여행과 생활을 반복했다. 서른 중반을 넘기고 나서야 나는 직장 생활과 다른 사람과의 협업이 가능한 사람이 아니라는 사실을 깨달았다. 그래서 마지막 사표를 쓰고 그때부터 글을 쓰기 시작했다.

글이 밥으로 돌아오는 경우는 드물었다. 지금도 그렇다. 그 후로 자발적 고립을 위해 자주 떠났고 백수에 가까운 수입으로 애매한 포지션에서 살아왔다. 그런데도 여전히 살아 있다는 것이 대견하다. 아마 행운이 많이 따랐던 거라 생각한다. 학생 때 받을 수 있는 칭찬도, 직장에서 받을 수 있는 인정도, 작가로서 얻을 수 있는 성취감도 느껴 본 적이 없다. 그래도 무사히 늙어가는 중이다.

나는 순하고 부드럽게 늙어가는 할아버지가 되고 싶

다. 지금까지는 가능할 것이라고 생각하고 있지만, 칭찬을 별로 받아 본 적 없는 자존감으로는 자칫 사납고 신경질적인 영감이 될 확률도 크다는 걸 알고 있다. 그래도 약간의 가능성은 있다. 살구가 훌륭히 자라 준다면 함께 사는 동안 서로가 서로에게 칭찬하며 세상이 알지 못하는 우리만의 행복을 만들 수 있을지도 모른다.

그 훌륭함 속에는 내게 없는 명석함도 포함되어 있다. 그래서 살구의 개인기를 위해 고양이가 할 수 있는 여러 가지 기술을 찾아보기 시작했다. 살구가 똑똑한 고양이라는 것을 증명하기 위해서 말이다.

"살구! 앉아, 기다려, 손!"

정확히 3일 만에 살구는 왼손, 오른손을 척척 내밀며 간식을 받아먹었다. 고작 하루에 서너 번, 그러니까 몇십 분 정도의 짧은 시간 동안 연습했을 뿐이다. 어린아이가 구구단을 외우는 과정에 비하면 얼마나 빠른 학습 능력인가! 나는 작은누나에게 전화를 걸어 자랑했고 몇몇 지인들에게도 신이 나서 이야기를 했다. 하지만 작은누나는 "밥은 먹고 사냐?"며 걱정을 했고, 지인들은 "어린아이는 간식 없이도 구구단을 외운다"며 약간은 어이없다는 듯 말했다.

'저것들은 고양이가 없으니 질투하는 거야.' 나는 이렇게 생각하며 다시 한번 다짐했다. 순하고 부드러운 할아버지가 되기 위해 이 정도의 수모(?)는 아무것도 아니라고.

가을 저녁은 여름보다 훨씬 맑고 투명한 어둠을 가지고 있다. 나는 그 어둠 속에서 살구와 논다. "살구, 손!" 하면 살구는 언제든 보드라운 앞발을 내 손바닥 위에 올려놓는다.

"살구야, 올해 성균관대에 원서 한 번 써볼까?"

내가 유학을 보낼 형편은 안 되지만 성곽 너머 성균관대 정도는 날마다 업어서라도 보낼 수 있다는 말에 친구는 진심으로 걱정했다. 내가 "살구는 천재일지도 모른다"고 하자 친구는 웃으며 말했다.

"네가 왜 공부를 못했는지 이해가 된다."

그래도 일면식 없는 유튜브 구독자들은 "서울대까지 가능하겠다"며 칭찬을 남겼다. 어떤 이는 북콘서트 때 함께 갔던 초등학생 아들이 올해 수능을 본다며 응원을 부탁하기도 했다. 나는 그 댓글이 오랫동안 기억에 남는다. 우리는 가을밤 속에서 그렇게 놀며 함께 웃었다.

살구는 손을 내밀어도 간식을 받지 못할 때가 있다는 걸 알지만, 그래도 거부하지 않는다. 알면서도 모른 척, 부드러운 발을 내 손 위에 올려놓는다. 순하고 똑똑한 살구 덕분에 흐뭇한 밤이 이어진다. 내게 없는 것이 살구에게는 있다고 믿기로 했다. 그래서 내가 받지 못한 칭찬을 최대한 많이 해주려고 한다. 우리는 어차피 긍정 아니면 손해니까.

이런 나의 생각도 천재적이라고 생각하며 한 번 더 웃는 밤이다.

나의 쓸모가
너를 위한 것이었으면

튀르키에 파묵칼레의 허름한 숙소는
모든 것이 괜찮았지만 단 하나, 뜨거운 물만
나오는 것이 문제였다. 너무 뜨거워 사용할 수가 없었다.
나는 낡은 숙소 욕실에서 '뜨거운 물의 쓸모'에 대해
고민하다가 나 자신의 쓸모에 대해서도 생각하게 되었다.

서울로 올라와 다시 강의를 하고 방송을 하기 시작했
다. 잊지 않고 초대해 주시는 분들이 있어 다행히도 굶어
죽지 않고 있다. 일을 하고 입금이 되면 가장 먼저 사료
를 구입했고 그다음이 모래였다. 마당으로 오는 길고양
이들에게 주는 것과는 차등을 두어 샀는데 기분이 조금
묘했다.

살구도 현관 밖에서는 길고양이, 현관 안에서는 집고

양이다. 하지만 이 둘이 다르다고 생각하고 싶지는 않았다. 아무리 가난해도 자식의 친구가 놀러 오면 내 자식과 같은 음식을 주거나 더 좋은 것을 챙겨 보내는 게 당연하다고 여기면서도, 왜 고양이 사료를 살 때는 구별이 생기는 걸까? 오래도록 생각해 보았는데, 결국엔 살구를 더 오래 키우고 싶기 때문이라고 나름 결론을 내렸다.

언제 일이 들어올지, 그 일에 대한 입금은 또 언제 이루어질지 모른다. 그래서 돈이 생기면 냉장고보다 먼저 사료를 채우기 시작했다. 보일러 기름을 채우고 사료를 사다 놓으면 겨울이 아무리 험해도 괜찮을 것 같았다.

살구의 배에 손바닥을 대고 있으면 겨울이 영원해도 상관없겠다는 생각이 들 때가 있다. 아무도 찾아오지 않는 집. 손님 없는 거실과 홀로 차리는 식탁이 쓸쓸하지만, 살구가 불러주는 노래 덕분에 아무렇지도 않은 듯 하루를 시작하고 또 마무리할 수 있다. 이 겨울에도 찬물이 없으면 쓸 수 없는 뜨거운 물처럼, 모든 것을 갖추어도 마음을 다하지 않으면 아무것도 아니다.

눈부시게 빛나던 석회의 언덕. 사람들은 석회석을 뚫고 올라오는 따뜻하고 푸른 온천수에 발을 담그고 산책을 한다. 단단한 겨울에 느슨한 걸음으로 눈부신 언덕 위의 한때를 기억한다. 발가락 사이로 빠져나가는 따뜻한 감정들이 오랜 여행의 축배처럼 든든했다. 가난한 여행이었지만 배고픔을 느끼지 않았던 그때는 겨울도 겨울처럼 여겨지지 않았다.

어린 살구에게는 첫 겨울이다. 내가 지나온 수많은 겨울의 경험으로 이 겨울도 무사히 지나갈 것이라고 믿는다. 부족하거나 모자라도 나는 오로지 너의 곁에 있을 것이다. 그것이 모든 부실함을 대신할 수는 없겠지만, 모든 삶은 결국 마음에서 출발한다는 것을 안다. 홀로 걷는 날이 많으면 많을수록 나는 늘 내 마음속에 간직한 가장 좋았던 날들의 기억들과 함께 걸었다.

너와 나의 겨울이 아무리 혹독해도 우리는 얼마나 다행인가. 나의 쓸모가 너를 위한 것이었으면 좋겠다. 비록 너의 쓸모가 내가 아니라 할지라도 말이다.

대화는 말없이도
가능해서

나와 상관없는 사람이기 때문에, 다시는
볼 일 없는 사람이기 때문에 함부로 말하는 것이다.
그 말들에는 마음이 없고 기분만 있다.
인도와 파키스탄의 국경에서는 대체로
처음 도착한 여행자들에게서 이런 말들을 자주
들을 수 있었다. 대부분이 여행의 예의를 지키지 않았다.

나는 동물을 좋아하지 않았다. 소통할 수 없다고 생각
했기 때문이다. 말이 통하지 않을 거라고 생각했고 인형
이나 꽃처럼 대화할 수 없는 존재라 여겼다. 하지만 떠올
려 보면 말이라는 것은 때때로 단순한 소리나 진동에 불
과할 때가 있다. 곁에 있는 사람과 아무리 많은 말을 나눠
도 소통되지 않을 때가 있다. 감정 없이 주장만 남아 있을
때 우리는 결국 대화를 하지 못한 것이다. 감정 없이, 마

음 없이 하는 말은 그저 소리일 뿐이었다.

살구를 만나고 말 없는 말들을 배우기 시작했다. 나는 살구의 언어를 모르고 살구는 나의 말을 모르지만, 우리는 어떤 방식으로든 서로를 이해하고 있다는 걸 알게 되었다. 들어보려는 노력이 있었기 때문이고, 전달하고 싶은 간절함이 있었기 때문이었다. 살구가 나를 바라보는 각도, 목소리의 깊이와 길이, 높낮이… 그 모든 것이 다르다는 걸 알아차렸다.

우연히 깨달은 것은 아니었다. 지속적인 관찰 끝에 비로소 알게 된 사실이었다. 나는 홀로 사랑한다고 착각했지만 결국 살구도 나를 사랑하고 있었다. 그러지 않고서야 우리가 어떻게 이토록 말없이 오랜 대화를 나눌 수 있었을까?

'말하지 말라. 말이 통하지 않는다 말하지 말라.'

말없이 걸으며 자문자답하는 순간, 그것이야말로 가장 깊은 소통일 때가 있다. 당신이 사랑했던 대상을 가장 사랑했던 순간을 떠올려 보라. 말없이 잡았던 손바닥 사이로 전해지던 수많은 감정을 기억해 보라. 대화는 말없이도 가능하다. 심지어 같은 언어가 아니더라도 가능하다.

먼 대륙을 건너 몇 개의 국경을 넘었더라도 내 마음이 진심이라면 기꺼이 소통할 수 있다. 그것이 간절하다면 더욱 빠르게. 여행의 불편은 언제나 언어에 있지 않고 마음에 있었다. 진심은 입에 있지 않고 마음에 있기 때문이다. 진심이 발현될 때는 사랑이 필요하기 때문이다.

살구가 방금 "아웅~" 하고 길게 돌아섰다. 나의 착각에 대해 불만을 말했다.

우리는
모두가 한 번쯤 길고양이

나는 한 번도 집고양이였던 적이 없었다.
그래서 더욱 안전하고 평화로운 것이
얼마나 행복한 일인지 안다.

자식으로 태어나 자식처럼 살지 못했던 나는 어머니가 돌아가신 날에도 인도의 봉사단체에서 죽음을 기다리는 이들의 분비물을 세탁하며 보잘것없는 하루를 과장되게 포장하고 있었다. 돈이 많은 사람들은 정확히 필요한 곳에 기부를 하지만 돈이 없는 사람들은 결국 몸과 시간으로 하는 봉사활동밖에 할 수 없다. 그것이 얼마나 도움이 될까 고민하던 날들이었다.

누군가 아프다면 "아프냐?"라고 물으며 어루만지는 것보다, 걱정하며 함께 앓는 것보다, 병원으로 데려가는 것이 가장 좋은 방법이라는 걸 안다. 하지만 나는 여행자였다. 시간만 많아서 부실한 힘으로 빨래를 헹굴 뿐이었다. 그러나 그마저도 누군가에게는 필요할 수 있다는 걸 알았다.

더 이상 젊지 않아 지구력이 떨어지고 근력이 바닥나면 그것조차 할 수 없겠지. 마음이 그렇게 중요한 걸까, 하고 생각하다가도 그래도 마음이라도 중요하겠구나 싶었다. 그렇게 마음을 먹으니 슬픔이 반으로 줄어들었다.

그날 지저분한 콜카타의 여행자 거리로 엄청나게 폭우가 쏟아졌다. 어머니가 돌아가셨다는 메일을 확인한 날이었다. 폭풍 같은 슬픔 속에서도 마음 한구석에 "이제 더 이상 어머니 걱정을 하지 않아도 된다. 더 자유롭게 여행할 수 있겠구나" 하는 비루한 생각마저 들었다. 이기심은 상황을 가리지 않는다.

그런 나에게 내 오래된 친구는 "너는 길고양이 같다"라고 말했다.

책임지는 일에 무능한 나는, 평생을 책임과 사랑으로

지탱하며 비틀거리고 흔들렸던 너를 알고 있다. 그래서 나는 너를 친구라고 생각하지만 어쩌면 선배라고 불러도 좋았겠다고 생각했다. 너는 허리 한 번 제대로 펴지 못한 채 힘겨운 삶을 견디며 속 시원히 울지도 못했다. 그럼에도 찬란하게 반짝이는 도시의 불빛을 바라보며 담배를 피웠다. 나는 네 곁에서 같은 연기를 내뿜었지만, 알고 있었다. 삶이란 누군가가 누군가를 책임질 수 있는 게 아니라고.

관여는 관계 속에서 내미는 작은 악수일 뿐이고, 악수는 적합한 처방이 아니다. 그래서 그냥 나란히 서서 담배를 피울 뿐이었다. 저 찬란한 보석 같은 불빛 아래 잠든 도시의 풍경을 구경하며 그저 서로의 말을 나누는 정도랄까. 움푹 꺼진 앞집의 부실한 지붕 위로 밤의 양식을 구하는 고양이가 소리 없이 지나가는 것을 보며 두 인간은 말없이 내일의 자신을 걱정했다.

너는 자주 내게 "너는 길고양이 같다"라고 말했다. 그렇다면 너는 괜찮은 집고양이였을까? 아니면 너도 나처럼 길고양이였을까? 이제 너는 "우리는 모두가 길고양이 같다"라고 말한다. 화려하거나 거대한 것이 아니면 존중

받지 못하는 세상에서 우리 모두는 한 번쯤 길고양이가 된 적이 있는지도 모른다. 아니 길고양이가 되고 말았다.

　여행이 나를 만든다고 믿었던 나는 그만큼 많은 것을 잃기도 했다. 나는 집고양이였던 적이 없다. 하지만 그렇기 때문에 더 안전하고 평화로운 것이 얼마나 행복한 일인지 안다. 나는 길고양이가 아니라 배낭을 멘 집고양이, 아니 외출냥이라고 말하고 싶지만 그게 무슨 상관이겠는가. 나 하나만 잘 살면 그만인 삶도, 누군가를 위해 끊임없이 희생하며 사는 삶도 보장된 순간은 없다. 어쩌면 우리는 한 번도 길고양이가 아닌 적이 없었을지도 모른다.

　친구가 돌아간 텅 빈 마당에서 성북동의 소금처럼 반짝이는 불빛들을 바라본다. 창가의 살구가 길고양이들이 지나다니는 담벼락에 기대어 서 있는 나를 바라본다. 그리고 이렇게 말하는 것만 같다.

　"저 인간은 확실히 길고양이에 가깝구나!"

위로의 말을
들은 것처럼

바람처럼 걷다가 문득 뒤돌아본다.

살구는 말하지 않고 그냥 쳐다봤을 뿐인데

나는 또

스스로 따뜻한 위로의 말을 들은 것처럼

지긋하게 눈을 감는다.

나는 그렇다.

자두,
갈색 무늬를 가진 아이

부담스럽다고 말하는 것은
이미 마음에 담았다는 뜻이다.
정말 마음에 없었다면 부담이 되었겠는가?
이상한 예감이 들던 겨울 오후였다.

칼바람이 불어대던 정월 대보름의 성북동 그리고 바람이 길을 내는 북정마을의 비탈. 이곳의 겨울은 유난히 길다. 거실 창밖으로 보이는 붉은 기와 위에서 어린 길고양이 몇 마리가 해바라기를 하고 있다.

모든 그리운 것들은 멀리 있다. 고양이들의 그리움은 속에 있지 않고 언제나 바깥을 향해 있다. 그것은 본능일지도 모른다. 마당의 길고양이들 그리고 그들의 밥을 주워 먹으며 처마 밑에 자리를 잡은 참새들. 살구는 그들을 관찰하며 일기를 쓰는 듯 보인다.

해가 뜨는 것도, 지는 것도 보이지 않는 북향의 집. 아마도 소유주의 어쩔 수 없는 선택이었을 것이다. 덕분에 겨울을 더욱 혹독하게 견뎌야 하지만 북한산 언저리가 한눈에 펼쳐지는 풍경만큼은 늘 감사하게 생각한다. 창밖은 영화관의 스크린 같아서 흰 눈이 쏟아지던 날도, 캐럴이 울려 퍼지던 12월도, 새해가 되어 많은 다짐을 하던 날도 우리는 자주 바깥의 변화를 함께 지켜보았다.

사소한 생각들이 이어지던 겨울 오후, 살구의 목소리가 계속 바깥을 향한다. 얼마나 뛰어나가고 싶을까? 길고양이들은 추위도 아랑곳하지 않고 뛰어논다. 살구에게는 이런 모습이 오히려 자유로워 보였을지도 모른다. 살구는 부러워 몸살을 앓고 있다.

살구도 한때 밀양의 지붕을 넘나들고 잔디밭에 배를 깔고 매미를 가지고 놀던 시절이 있었다. 하지만 그때도 혼자였다. 같은 생명과 살을 부비며 함께했던 시간이 없는 살구는 본능적으로 바깥을 동경하는 것인지도 모른다.

그런 살구의 애타는 부름을 들은 걸까? 아기 고양이

한 마리가 창가에 올랐다. 봄에 태어난 살구보다 작은, 갈색의 고등어 무늬를 가진 아이다. 투명한 유리창을 사이에 두고 두 생명이 조용히 마주했다.

꽃잎처럼 가볍고 싱그러운 아이는 밀양에 남겨두고 온 살구의 형제 중 하나를 닮아 있었다. 나는 가끔 그 아이를 '자두'라고 불렀다. 그들은 로미오와 줄리엣처럼 창문 하나를 사이에 둔 채 안과 밖에서 서로를 바라보고 있다. 나는 그 모습을 지켜보면서 어쩐지 죄책감이 들었다.

살구가 창가에 밀착한 채 초조하게 몸을 흔들고, 바깥의 아기 고양이도 안절부절못하며 유리창에 얼굴을 기댄다. 온몸을 창문에 밀착시킨 아기 고양이를 보며 나는 그만 이름을 불러버렸다.

"자두야"

나는 무심결에 손가락만 한 틈을 열고 자두와 악수를 했다. 어쩌면 길고양이가 이렇게 살가울 수 있을까? 부드러운 털, 경쾌한 몸짓, 반짝이는 눈빛. 몇 달 전의 살구를 만지는 듯한 착각이 들었다. 살구는 기뻐하는 듯하다가도 갑자기 털을 세우고 긴장한다. 반가움과 경계심이 뒤섞인 감정이다. 좋은 건지 나쁜 건지 알 수 없지만, 분명한 것은 자두가 너무 예쁘다는 것이었다. 자두는 꽃처럼 창가에 앉아 반짝였다.

그 후로 살구와 나는 더 자주 창밖을 보았다. 그리운 것이 하나 더 생긴 것처럼 마당을 살피고 지붕을 관찰했다. 오늘은 꽃이 필까, 하는 마음으로 기다리기도 했다.

하지만 며칠이 지나도록 자두는 보이지 않았다. 그 사이 겨울비가 내렸고 눈발이 흩날리기도 했다. 언제 다시 올까? 하지만 자두는 오랜 시간 모습을 감추었고, 긴긴 겨울을 지나며 봄이 올 것이라는 열망조차 시들해지듯, 나와 살구는 자두의 존재를 점점 잊어가고 있었다.

여행을 접고
우리는 함께 살자

바람이 불지 않는 겨울이 있을까?
꽃이 피지 않는 봄이 올까? 지나가면서 견디고
견디면서 익숙해지는 일은 결국
우리를 만드는 과정이다.

지구의 끝이라 불리는 우수아이아Ushuaia의 밤. 호텔
을 신축하던 노인은 나에게 드라이브를 가자고 제안했
다. 차를 세운 곳, 그곳에서 땅이 끝나고 바다가 시작되었
다. 깊이를 알 수 없는 바다를 마주한 밤이었다. 마치 내
용을 알 수 없는 계약서를 내밀 듯 노인은 이곳에 식당이
들어서야 허가가 나는데 함께 일해보지 않겠냐는 비현실
적인 제안을 했다. 허술한 여행자에게 지구의 끝으로 삶

을 옮기라는 말이었다.

　겨울 바다에는 별빛이 찬란하게 쏟아져 내리고 있었는데, 흔들리는 별빛은 마치 아스팔트에 쏟아지는 빗물처럼 반짝였다. 내가 떠나온 곳의 계절은 여름이어서 나는 한층 더 이 사실들이 현실처럼 느껴지지 않았다.

　아무도 붙잡지 않는 그곳으로 돌아갈 것인가?

　아니면 아무도 나를 아는 사람이 없는 이곳에서 다시 시작할 것인가?

　바람처럼 정처 없이 떠나왔지만, 이제 흔들리지 않는 돌이 될 수 있을까?

　끝내 창문이 열리고 말았다.

　겨울비가 추적추적 내리던 날, 사라졌던 자두가 열흘 만에 다시 나타났다. 나는 급하게 살구를 서재에 격리시키고 조심스레 창문을 열었다. 찬바람이 망설임 없이 들이쳤고 자두는 불안한 눈빛을 한 채 천천히 들어왔다.

　작은 얼굴의 절반이 진득한 콧물로 뒤덮여 있었고, 한쪽 눈은 무겁게 감겨 있었다. 살구가 다니는 병원에 전화를 걸며 자두의 얼굴을 물티슈로 닦고 이유식을 덜어 먹였다. 꽃잎 같은 작은 혀가 급하게 움직였다. 얼마나 굶은 걸까. 낯선 거실, 늙은 남자와 마주한 식탁, 하지만 자두는 허겁지겁 먹었다. 식사가 아니라 흡입에 가까웠다.

거친 숨소리가 작은 몸집에서 터져 나왔다. 그 소리가 커질수록 마음속에는 무거운 돌들이 자꾸 쌓여가는 기분이었다. 나의 모든 판단과 행위들이 앞으로 잘못된 실천이 될까 봐 덜컥 겁이 났다. 자두가 내뱉는 거친 숨결이 방 안을 채울 때마다 그저 이 작은 생명을 위해 할 수 있는 것이 많지 않음을 깨닫게 되었다.

자두를 품에 안고 성북 03번 마을버스에 올랐다. 마을 주민 한 분은 "전에 그놈이 아니구나" 하시며 인사를 건네신다. 드문드문 자리를 채운 북정마을 사람들은 대체로 고양이에게 친절했다. 비록 집안에 들이지는 않지만, 집집마다 반질반질한 밥그릇과 물그릇을 채워 골목에 놓아둔다. 집고양이를 키우듯 비슷한 감정으로 보살피는 이들이 많다. 그런 그들이 케이지 안의 자두를 보고 반가운 듯 말한 것이다.

"네, 어쩌다 보니 이렇게 됐어요."

정말 어쩌다 보니다. 그러나 이 일은 숙소를 정하지 않고 무작정 비행기를 타는 여행과는 달랐다. 작은 생명이 영문도 모른 채 마을버스에서 흔들리고 있는 것이다. 어쩌면 우수아이에서 어두운 밤바다를 마주하며 제안받았던 지구 끝의 삶과도 비슷한 것이 아닐까.

병원에서 다행히 심한 감기라는 진단을 받았다. 따뜻한 곳에서 며칠 동안 약을 잘 먹으면 괜찮아질 거라는 수의사의 말에 조금 자신감이 생겼다. 자두와 나는 집으로 돌아왔다. 살구는 영문도 모른 채 서재에 격리되었다. 자두의 거친 숨소리를 들으며 온 신경을 곤두세운 채 일주일을 보냈다.

나는 밤마다 몇 번씩 자두의 콧물을 닦았다. 그렇게 기침이 잦아들고 시간이 흘러가면서 우리는 부정할 수 없는 가족이 되었다. 우연이었다가 인연이 되었고, 나는 그걸 또 필연으로 여기게 됐다. 자두는 바람이었다가, 바람에 뒹구는 꽃이었는데, 어느 날 떨어진 곳이 우리 곁이었던 것이다. 마치 원래부터 이곳에 있었던 것처럼 말이다.

"내가 아는 세상의 바람 같은 이야기들을 해줄게. 그러니 이제 너도 정처 없는 여행자가 되지 말고, 떠나지 않는 여행자의 말들을 나누며 우리와 함께 살자."

한때 살구도 자두와 같았다. 우리 모두는 한때 떠도는 존재였다. 이제, 잠시 여행을 접고 함께 여행처럼 살자.

칼날 같던 겨울바람이 멈췄다.

나와 살구와 자두는 나란히 창가에 앉아 꽃이 피는 성북동의 봄을 맞이하고 있다.

마침내
집고양이가 된 자두

우리 모두에게는 '처음'이 있다.
처음 경험하는 모든 것은 두근거린다.
그러니 쫄지 말자.

이렇게까지 사랑스러울 수가 있나? 온몸으로 뒹굴고
책상 위로 올라와 타이핑하는 손등에 머리를 조아리듯
부비며 만져달라고 안아달라고 조르는 자두는 이상하리
만큼 친밀도가 높았다. 이럴 수는 없는 것이다. 한 번 품
에 안기면 내려갈 줄 모르는 자두를 살구는 그저 지켜볼
뿐이다. 쓸쓸함일까? 무관심일까? 동생이라고 설명해 줬
지만 살구는 자두를 애인처럼 대하는 것 같고, 나는 그 모

습을 민망하게 바라보며 내 음흉함을 탓한다.

노을에 타는 풀밭처럼 붉은 살구의 침대에 나란히 누워 부둥켜안고 자는 모습은 질투가 날 정도다. 걱정했던 합사는 기우에 지나지 않았다. 처음부터 한배에서 태어난 형제처럼, 쌍둥이처럼, 어쩌다 보니 연인처럼. 살구의 성품이 더 높은 점수를 받을 때가 많다. 동생을 이렇게까지 살갑게 대할 수 있을까? 보통 남매라면 티격태격해야 정상일 텐데… 아무래도 연인 같다고 생각하는 내 시선이 음흉한 게 맞는 걸지도 모른다.

그런데 잘못 들은 건지 자두에게서 나는 이상한 신음 소리가 점점 커졌다. 그러고 보니 자두의 목소리를 한 번도 들어본 적이 없는 것 같다. 어쩌면 함께한 시간이 짧아서 기억에 없는 것일지도 모른다. 배를 거실 바닥에 밀착시키고 쓰러지듯 내뱉는 신음소리가 점점 잦아진다. 병원을 다녀온 지 얼마 되지 않았는데 또 뭐가 잘못된 걸까? 답답함이 점점 커져갔다. 신음이 들릴 때마다 살구가 등 뒤에서 안아주면 조금 잦아들기도 했다.

내가 알 수 없는 어떤 것들이 자두에게서 진행되고 있었다. 병원에서는 발정기라고 했다. 고작해야 6개월쯤 됐

을 것으로 추정되는 자두가 벌써 성묘가 될 조건을 갖추
었다니. 살구는 서울에 올라오자마자 중성화 수술을 했
다. 자두의 신음이 조금 잦아들면 바로 병원에 가기로 결
정했는데, 그 마음이 뭔가 뭉클하고 어색했다. 살구의 중
성화 수술 때는 당연하다고 생각했는데 자두의 수술을
생각하니 기분이 달랐다. 딸을 데리고 병원에 가야 하는
아빠의 마음이 이런 걸까? 살구와는 또 다른 종류의 두근
거림과 걱정이었다.

수술을 끝낸 자두는 다시 살구와 격리되었다. 그런데
이것들이 아무래도 서로를 너무나 그리워한다. 부담스러
울 정도로 말이다. 방문 하나를 사이에 두고 애틋해하는
모습이 못 봐줄 정도는 아니지만 살구는 참 살갑다. 이름
을 '살갑이'라고 할 걸 그랬나 보다.

자두가 함께한 지 얼마 되지 않았는데 벌써 두 번이나
병원을 다녀왔다. 길 위에서 살았다면 자두는 어쩌면 지
금쯤 어미가 되어가고 있을지도 모른다. 나는 길고양이
들의 중성화 수술에 절대 찬성하는 편은 아니지만 집고
양이로 건강하고 행복하게 살기 위해서는 어쩔 수 없는
선택이었다. 큰 숙제를 마치고 나니 더욱 가까워진 느낌

이다.

　돌이킬 수 없는 집고양이가 된 자두에게 축하한다고 말했다. 이제 우리는 모두 생산 능력이 없는 존재가 된 걸까? 아닌가? 나는? 나도 없다고 봐도 무방할 것이다. 아무튼 우리는 그렇게 살고 있다. 그렇게 살아가게 되었다. 우리들은.

말로만 하는 것이
사랑일까?

합리적이지 못한 성실함만 가진 나는
너희들을 온전히 책임질 수가 있을까?

자꾸만 호주머니에 넣어두고 싶다. 이왕이면 안쪽 호
주머니에 넣어 내 심장의 소리를 듣게 하고 싶다. 그러면
너도 내 마음을 조금이라도 알 수 있지 않을까? 그런 생
각을 자주 한다.

하지만 나를 닮아서는 안 될 일이다. 세상 어느 부모가
자신의 삶을 자식이 그대로 닮아가길 바랄까? 그 삶이 좋
은 것이든 나쁜 것이든 상관없이 부모는 자식의 미래가

아니다. 부모는 그저 자식이 자신의 미래를 바라볼 수 있도록 눈을 밝혀주는 존재일 뿐이다.

살구와 자두에게 나는 좋은 부모일까?

내가 잘하는 일들은 하나같이 돈이 되지 않는 것들뿐이라 경제적으로는 할 말이 없다. 그렇다면 마음만으로 사랑이 가능할까? 말로만 하는 것이 사랑일까? 합리적이지 못한 성실함만 가져서 매일 피곤한 나는 이 두 생명을 온전히 책임질 수 있을까? 어느 날부터 그 생각이 무섭게 들기 시작했다.

자다가도
보고 싶어라

너로 인해 세상이 달리 보이기 시작했다.
나는 새로운 여행자가 될 것이다.

세비야의 대성당을 마주 보는 5층의 숙소는 성당의 첨
탑만큼 높았다. 그래서 꿈을 꾸기에도 좋은 곳이었다. 여
행 경비가 점점 줄어들어 어쩔 수 없이 6인실을 선택했던
세비야의 밤들. 플라멩코 공연을 본 후 마셨던 와인과 좁
은 골목 사이로 쏟아지던 구슬전구들의 축복은 혼자여도
충분히 좋았다. 나는 밤마다 걸었다.
대성당 옆에는 마차들이 줄지어 서 있었는데, 마차를

끌던 건장한 검은 말들이 어둠 속으로 사라지고 나면 그 바퀴 아래 웅크린 작은 아기 고양이들이 보였다. 사람들은 고양이들을 구경하며 주위를 맴돌았다. 여행에서 돌아와서도 그 풍경이 자주 떠올랐다. 그저 바라보던 일, 그저 바라보던 일이 꿈이 되어 쉽게 잠들지 못하는 밤이 많았다.

살구와 자두를 만나지 않았다면 떠올리지도 못했을 사소한 기억들. 이제는 그런 기억들이 좋은 추억이 되어 가끔 기분 좋은 꿈을 만들어 준다. 약간은 불분명한 그 꿈을 꾸며 새벽 골목의 인기척을 따라간다. 내 몸 어딘가 보이지 않는 실이 너의 심장과 연결된 것처럼 집 안 어디선가 웅크리고 있을 네가 수시로 궁금해 새벽을 뒤척인다.

저 문을 열고 나가면 너희들 둘이서 사이좋게 끌어안고 고요히 잠들어 있을 것이라는 걸 알지만 문득 궁금해진다. '자다가도 보고 싶은 너'라는 말이 어색하지만 이제 상관없다. 문을 열면 공기처럼 가볍게 다가오는 존재. 게슴츠레한 눈과 새벽별처럼 반짝이는 목소리로 몸을 부비는 온기들.

살구야, 자두야, 너희 중 누가 먼저였을까? 자다가도

이토록 궁금하게 만드는 존재가.

몸에 힘을 빼고 마음에 힘을 주어 끌어안는다. 너도 알겠지. 침묵으로 밀착된 공간에서 무한한 단어들이 오고 간다는 것을.

그날 늦은 골목. 성당 담벼락에 웅크린 낯선 존재는 딱 너의 부피만큼을 제외한, 우주의 모든 공간만큼 사랑스러웠다. 아무도 없는 낯선 밤의 골목에서 유일하게 나에게 인사를 해주던 이름 모를 작은 존재들. 어쩌면 그날로부터 지금까지 이어졌을지도 모른다.

나는 점점 이상해져 가고 있다. 자꾸만 간지러운 말들이 떠오르고 마음에만 담고만 있어야 할 단어들이 쏟아진다. 내가 알던 내가 아니다. 하지만 그런 내가 좋다. 너희 덕분이다.

나, 이렇게 늙어가도 괜찮을까?

다시 여행자가 된다면, 길 위에서 만나는 작은 생명들이 또 다른 의미로 보이겠지?

그때도 꿈이라고 생각할까?

늦은 밤 골목에서 만났던 이름 없는 그 아이들도 지금 쯤 누군가의 궁금함이 되어 새벽잠을 설치게 만들고 있 을까?

여전히 커다란 마차 바퀴 아래에서 이름 없이 고요한 밤을 보내고 있을까?

오늘 밤도 문득 자다가도 보고 싶어라.

사랑은
그냥 곁에 머무는 것

너도 고양이었나 보다.

작고 둥근 머리 뒤로 유려하게 이어지는 목선, 순한 곡선이 꼬리까지 부드럽게 연결되는 이 완만함. 완전한 무장 해제의 자세다.

너와 내가 서로에게 이토록 순한 곡선이었던 적이 한 번이라도 있었을까.

떠올려 보지만 기억나지 않는다.

그때의 내 날카로운 발톱들은 어디로 갔을까.

감춰졌거나 닳아 없어진 나이가 되고서야 비로소 알 겠다. 사랑은 둘러업고 부비는 것이 아니라, 그 전부를 어루만지거나 그냥 곁에 머무는 것이라는 것을. 두어 걸음 떨어져 있어도 가능한 것이라는 것을.

살구가 잠든 오후다. 당신을 불러다 놓고 우리가 배워야 할 것들에 대해 이야기하고 싶다. 보고 싶다. 그때 나는 왜 너를 키워야 한다고 생각했을까. 너는 왜 그런 나를 피해만 다녔을까.

너도 고양이었나 보다.

자신이 원할 때만 가능한 일들이 있다는 것을 그때는 왜 이해하지 못했을까.

내가 가진

네 개의 보석

한 번도 구경조차 못 한 귀한 빛이다.

둥글게 돌출된 각막은 투명이 아니라 세상없는 무결점의 투명체다.

아니다, 그것은 눈동자를 둘러싼 공기이거나 빛이다.

형태를 가장한 속임수다.

실제로 존재하지 않는데 사람들이 쳐다볼 때만 순식간에 생겨나는 막이다.

인간과 구별되는 투명함을 유지하기 위한 신의 선물일지도 모른다.

그것을 통해서 바라보는 풍경은 얼마나 아름다운 것일지 상상이 안 된다.

네 눈에 비치는 나도 그럴까 감히 욕심을 내 본다.

처음 보석이라는 것을 발견하게 되었을 때 기준이 뭐였을까?

세상에서 발굴되는 대부분의 보석은

고양이 눈빛에서 비롯된 것일지도 모른다고 일기장에 적어두기로 했다.

　　인간들의 눈에서는 절대로 느낄 수 없는 것들이 무한대로 있다.

　　그런 보석을 나는 네 개나 보유하고 있다.

　　당신도 그것을 자주 마주하게 되지만

　　자세히 보지 않으면 보이지 않는 특징이 보석이기 때문이다.

　　어느 길모퉁이나 담벼락 위를 지나가는 보석을 당신도 본 적이 있다.

Chapter 4

내가 오래오래
짝사랑할 것이다

고양이와 집사의
불공정한 거래

슬픔이 아니라
그냥 그런 것이다.

살구가 껌처럼 질겅질겅 씹어놓은 연필은 검지와 엄
지가 닿는 부분이라 사용하기 편하다. 보기는 흉해도 쓰
는 데 전혀 지장이 없다. 교묘하게 흠집이 생긴 연필은 오
히려 새로운 질감을 전해준다.

자두가 흘려 놓은 간식 부스러기가 밟히는 거실은 내
가 청소하기 전까지는 엉망이다. 하지만 굉음을 내며 돌
아가는 청소기에 혼비백산하며 도망가 구석에서 반성하

는 모습이 또 귀엽기도 하다.

주문한 물건들이 도착하는 시간은 우리 모두에게 반가운 시간이다. 언제나 정확하게 배달되는 세상은 기대감이 부족한 건 사실이지만, 그렇다고 '언박싱의 기쁨'이 작아지는 건 아니다. 나는 상자 안의 내용물을 기대하고, 살구와 자두는 상자만 있으면 된다. 이처럼 우리는 공평하지만 공정하지는 못한 일들로 하루를 채우고 시간을 쌓아간다.

안간힘으로 해체되는 택배 상자들. 살구는 파쇄기로 분쇄하듯 잘게 물어뜯는다. 왜 저렇게 집요하게 물어뜯을까? 이유가 있을까? 좋아하지 않으면 할 수 없는 일이라 생각하다가, 그것이 살구의 방식대로 시간을 완성하는 것이라는 생각도 든다. 어쩌면 내가 휴대폰을 들여다보며 시간을 보내는 것과 같은 것인지도 모른다.

자두는 두루마리 휴지를 해체하는 실력이 남다르다. 화장실 휴지는 창가에 올려두지 않으면 구름처럼 때로는 솜처럼 분해되고 만다.

장난감에는 관심이 덜한데 집사의 물건들에는 유독 관심을 쏟는다. 마치 애인의 칫솔을 애인 몰래 한 번 써보는 것처럼 말이다. 사랑하지 않으면 할 수 없는 일이라고 나는 한없이 너그러운 마음으로 이해하려고 한다. 안 그러면 방법이 없다. 지능이 낮은 아이처럼 아무리 교육해도, 아무리 시간이 흘러도 나아지지 않는 것들을 품어야 한다는 것은 슬픔이 아니라, 그냥 그런 것이다.

내가 아니면 안 되는 것들이 있어서 다행인 것은 나도 처음이다. 그것을 사랑이라 포장하는 건 교묘하다고 해도 어쩔 수 없다. 세상에는 사랑 아니면 어쩔 수 없는 것들이 생각보다 많다. 그래서 부모가 언제나 불리한 것처럼 집사도 언제나 불리하다.

이 불공정 거래를 숙명으로 받아들이는 순간, 흉측한 연필도 힘주어 잡으며 '사랑한다'라는 단어를 마음 가득히 꼭꼭 눌러쓰게 된다.

고양이는 언제나 사람보다 우위에 있다. 아니다. 처음부터 엎드려 모셔야 겨우 근처에라도 있을 수 있는 존재다. 사랑은 아무나 받는 것이 아니니까.

우리가

더 밀착해야 하는 이유

닮은 것을 보고 뜨거워지는 눈은

결코 괴로움만이 아니다.

마을버스 뒷자리에 얼굴을 파묻었다. 갑자기 왈칵 차오르는 감정에 당황스러워 급히 고개를 숙였다. 먼저 타고 있던 노인의 얼굴을 보았기 때문이다.

무릎에 힘이 빠지고 가슴이 뛰기 시작했다. 빈자리에 앉아 창밖만 바라보다가 결국 노을처럼 불콰해진 얼굴을 무릎에 묻었다.

어머니도 살아 계셨다면 저 연세의 노인이셨을까.

희끗하게 물결치는 머리카락, 순한 얼굴, 주름이 아무
리 깊어도 남아 있는 젊은 미소….

아버지는 다른 사람과 단 한 번도 겹치지 않는데, 가끔
길에서 할머니들의 어깨를 볼 때마다 주저앉고 싶을 때
가 있다.

며칠 전, 성균관대학교 쪽으로 뚫린 성곽 북문을 지나
가다 턱시도 고양이 한 마리를 보았다. 살구와 너무 닮아
서 한달음에 집까지 뛰어갔다. 급하게 비밀번호를 누르
고 문을 열어 살구를 불렀다.

"뭐야? 왜 다시 왔어?"

살구는 그런 표정을 지었다.

이제, 어디를 가든 고양이들이 자주 눈에 밟힌다. 고양
이 개체 수가 갑자기 늘어났다는 것이 아니라, 내가 그들
을 더 자주 발견하게 됐다는 것이다.

어딜 가든 고양이만 보인다.

모든 고양이가 살구와 자두 같다.

어머니를 닮은 노인을 보고 뜨거워지는 눈은 괴로움

이 아니다. 남아 있는 마음의 그림자들 때문이다.

좋았던 시간이 많았기 때문이라 위로한다. 더 잘해주지 못했다는 변명 섞인 눈물이기도 하겠지만.

먼 훗날, 어느 골목에서 고양이의 그림자를 보고 주저 앉아 울 날이 올지도 모르겠다.

그러므로 우리는 더욱 밀착된 시간을 많이 만들어야 한다.

그것이 훗날의 유일한 치유가 될 것이라 믿으며.

물들어 가는
삶

중요한 것은 내가 사랑하고 믿는 대상을
기쁘게 하는 일이 아닐까. 산다는 것은 결국
누군가로 인해 내가 행복해지는 일이 아니라
내가 만들어낸 행복으로 누군가를 즐겁게 만드는 일.
그것에 의미를 두는 일.

살구도 기억할까? 은행나무가 초록의 잎으로 태어나 거대한 황금빛으로 물들어 갈 무렵 도착한 이곳. 여기에 서도 여전히 반겨주는 은행나무와 밀양의 집 앞에 서 있던 은행나무는 살구의 눈에 다르게 보일까?

자두는 아마 노랗게 물든 은행잎이 바람에 날려갈 즈음 세상의 빛을 봤을 것이다. 그러니까 우리는 모두 이 노란 축복의 계절이 익숙할지도 모른다.

익숙함을 지루함으로 받아들이던 날들이 오면 무조건 배낭을 꾸렸다. 그러나 나의 든든하고 커다란 배낭은 오래전 분리수거되었고 배낭이 있던 자리에는 살구와 자두의 식량이 가득하다. 무엇으로 채우든 우리는 각자의 빈자리를 각자의 방식으로 채워나가고 있다.

덩그러니 놓인 이 집에는 늙은 한 남자와 두 마리의 고요한 고양이가 있다. 그리고 거대한 황금빛으로 가득하다.

나는 사랑한다, 이런 시간들을. 나의 식량은 이 집을 채우지 못하고 있지만, 텅 비워진 일상을 채워주고 있는 존재가 둘씩이나 있다. 그리고 지금은 가을이다. 어찌 누구라도 사랑하지 않을 수 있겠는가?

자신이 무엇을 사랑하는지도 모른 채 계절마저 잃어버리고 살아가는 동안, 든든하게 채워진 통장의 잔고를 어루만지는 일도 나쁘지는 않겠지만, 나는 여전히 이 보드라운 고양이 둘을 안고 황금빛 거실을 서성인다.

누구나 각자가 좋아하고, 사랑하고, 믿고 사는 대상을 즐겁고 기쁘게 해주는 일이 삶의 이유가 되지 않을까? 나는 하나님을 사랑하고, 부처님을 사랑하고, 떠나버린 애인을 사랑한다. 그리고 다가올 누군가를 또 사랑하기 위

해 하루의 일을 행한다. 이 모든 시간이 보람되게 다가오
는 지금은 황금빛 가을이다.

　나는 사랑한다. 초록의 은행잎이 싹을 틔우던 때부터
그 은행잎이 점점 커져 두 번이나 물들 동안 단 하루도 사
랑하지 않은 적이 없었다. 나는 내가 믿는 것을 사랑하고
세월이 흐르며 내가 사랑하는 것을 더 열심히 사랑할 수
있게 되었다.

　앞으로 사는 동안
　나는 여전히 내가 좋아하는 것을 믿고, 내 삶은
　그 대상을 기쁘게 하는 일로 채워질 것이다.
　그것이 짝사랑이라 할지라도
　이 가을은 눈부신 황금빛이어서
　우리는 그렇게, 좋은 계절이다.

별처럼
빛나는 마음들

나만 예쁜 줄 알고 있었던 일들이
고맙게 마음으로 빛나고 있었다.

시골 산책을 주제로 쓴 작은 이야기들이 출간되던 날
이었다. 북토크가 있었다. 오랜만에 독자들을 만난다는
기대로 나갔는데, 참석자 대부분은 살구와 자두의 부모
같은 사람들이었다. 책에 대한 이야기를 했지만 결국 대
화는 고양이들의 안부로 마무리되었다. 마치 자식 자랑
을 하듯 장황한 이야기들. 그러나 그것은 나만의 이야기
가 아니었다. 내 능력으로는 절대로 이루어질 수 없는 엄

친아의 부모가 된 듯한 시간이었다. 책 안의 말들은 간혹 나만의 기록으로 남기도 하지만, 영상으로 흐르는 살구와 자두의 이야기는 누구나의 이야기로 읽혔을 것이다. 돌이켜보면 고양이에 대해 아는 것 하나 없이 시작한 관계였다. 아이를 낳은 적도 없는 미혼모처럼 시작은 어설펐다. 그렇게 그들의 조언을 받아들이며 젖동냥하듯 살아온 시간이었다.

세상에는 너무나 예쁘고 사랑스러운 고양이들이 많다. 그렇지만 그들은 영상을 통해 보는 살구와 자두의 일거수일투족에서 기쁨을 얻고 위로를 받았다고 했다. 그런 점에서 살구와 자두는 다 함께 키울 수 있는 길고양이인지도 모른다. 살구와 자두의 몸짓과 행동은 그들의 마음을 웃게도 했고 때론 슬프게도 했다. 그들은 살구와 자두에게 말했다. 살구가 웃었다고, 대답했다고, 꼬리를 쳤다고. 내 눈에만 예쁜 줄 알았던 것들이 고맙게도 다른 많은 사람들의 마음에서 빛나고 있었던 것이다.

지친 퇴근길, 전철 안의 작은 액정 속에서 살구의 얼굴을 보며 위로받는 누군가가 있다. 아무도 없는 방 안에서 어제보다 털끝만큼 더 자란 자두의 모습을 보며 조용히 안부를 전하는 사람들이 있다. 그들이 참 착하고 순한 사람들이라 생각했다. 그런 마음들을 떠올리면, 살구와 자두는 나 혼자 키우는 것이 아니라 보이지 않는 많은 이들이 살찌우고 있다는 것을 알게 된다. 험한 세상이라 생각했지만, 돌이켜보니 따뜻한 마음들이 별처럼 빛나는 나날들이었다.

너무나 다르지만
우리는 그렇고 그런 가족

이 생명들이 간혹 나와 연결된 것이 아닐까하는
바보 같은 생각을 한다.

자두는 길냥이로 너무 오래 살았다. 길 위의 생활은 고
작 일 년도 되지 않지만 지금 자두의 나이로 따졌을 때는
일생의 절반 이상을 길에서 산 셈이다. 태어나 보니 여행
자였던 집시의 아이처럼, 자두가 부모를 따라 떠돌다가
홀연히 안착한 곳이 다시 여행자의 집이라니. 그라나다
집시들의 보금자리 사크로몬테를 배회하던 길고양이처
럼 태양과 신선한 바람, 사람들의 발길과 아이들의 관심

속에서 살아가는 존재. 여행자의 눈에는 여행자로 보일 수도 있겠지만, 자두는 생활자였다고 해야 옳다. 보금자리도, 음식도 스스로 구해야 하는 삶이었으니까.

그런 자두가 이제는 안전한 울타리 안에 있다. 그러나 지나온 길들은 여전히 창 너머에 있다. 어쩌면 스스로도 되돌아갈 수 없다는 걸 알기에 체념했을지도 모른다. 그 체념은 누군가에게는 안식이 될 수도 있겠다. 이제 자두는 살구와 뗄래야 뗄 수 없는 관계가 되었다. 나와 살구와 자두는 몸속의 장기처럼 서로에게 없어서는 안 되는 존재가 되었다.

가끔 자두를 바라볼 때마다 내 어딘가가 고장 난 것처럼 아플 때가 있다. 저 어린 것이 걸어왔을 길 위로 낙엽이 지고, 눈이 내리고, 다시 꽃이 피는 동안 경험하지 못했을 계절들을 이제야 함께 바라보는 기분이 이상하다. 몸이 아파 창문을 서성이던 것은 자두의 선택이었지만, 자두가 완쾌한 후의 삶은 나의 선택이었다. 자두는 몸이 나아지자 한없이 살갑게 굴며 치대었고 나는 그 모습에 마음이 무너졌다. 나는 단단한 결심을 했다.

자두는 집고양이로 살아도 될 운명이었다. 발톱을 잘 깎았고 목욕을 시켜도 큰 저항이 없었다. 하지만 하늘로 뚫린 커다란 창을 바라보는 자두의 뒷모습을 보고 있으면 여전히 내 마음 어딘가가 무너져 내리곤 한다. 가끔 택배원이 대문 안으로 들어서면 나보다 먼저 알고 숨는다. 지인이 방문하면 돌아갈 때까지 숨어서 나오지 않는다. 고양이의 습성이라지만 누구든 살갑게 맞이하는 살구와는 너무나 다르다.

평화는 셋이 있을 때만 유지된다. 그 누구라도 개입되는 순간 자두는 빛의 속도로 사라져 숨죽인다. 그 모습에 나는 속상하다. 맛있는 것이 있으면 가장 큰 것을 물고 가서 관심도 없는 살구에게 등을 돌리고 최대한 빠르게 먹는다. 아무리 넉넉하게 있어도 마찬가지다. 새로운 장난감이 오면 살구보다 먼저 차지하려 하고, 이빨을 닦거나 발톱을 깎을 준비를 하면 영락없는 길고양이처럼 눈치를 본다. 예민하다고 생각하기로 했지만 여전히 눈치를 보며 사는 모습이 버릇처럼 고쳐지지 않는다.

살구는 나보다 무던하고 참을성이 많으며 얌전하다. 나에게 없는 것들을 많이 가졌다. 반면 자두는 가볍고 눈치가 빠르며 쉽게 싫증을 낸다. 모든 것을 기분에 따라 결정한다. 나의 나쁜 점을 빠짐없이 닮았다.

살구는 검은 코트에 하얀 장갑을 낀 듯 우아하고, 맑은 목소리로 수다스럽다. 자두는 정확하게 점 하나까지 대칭이 맞아떨어지는 얼룩무늬를 가진 미묘美猫다. 자두는 낮고 짧은 목소리를 가지고 있지만 그마저도 좀처럼 들을 수 없다. 나는 살구에게서 내가 갖고 싶은 장점들을, 자두에게서 내가 버리고 싶은 단점들을 발견하며 지낸다. 그래서 가끔은 바보 같은 생각을 한다. 혹시, 이 둘이 나와 연결된 존재가 아닐까?

살구와 자두는 너무나 다르다. 그런데도 같다. 나와 달라서 다행이고, 비슷해서 다행이기도 하다. 이렇게 너무나 다른 존재들이 삐걱대며 한 공간에 모여 있다. 이제는 '우리가 어쩌다 가족이 되었을까?' 하는 생각 같은 건 하지 않는다. 이렇게 많은 증거들이 발견되는 이상 그런 질문들은 의미가 없으니까.

다르다. 너무나.

그러나 달라서 다행이고, 닮아서 또 다행이다.

우리도 결국은 평범한, 그냥 그런 가족이니까.

세상에
보탬이 없을지라도

누군가에게 해가 되지 않고 사는 일.
그것만으로 충분한 삶이 있을까?

세상에 별 보탬이 되는 것 없이 살아간다고 여겼던 나날들이었다. 그리고 고작 고양이들의 움직임을 살피며 하루를 마감하는 이 시간이 세상에 해를 끼치지도 않지만 조금이나마 보탬이 되는 건 아닐까 하고 생각하는 밤이다.

좋아하는 일들을 위해 낯선 길을 떠돌았고, 길 위에서 주워 모은 이야기들을 풀어놓으며 비슷한 생각을 가진 사람들의 마음을 위로하고자 했다. 하지만 이제는 그마저도 하지 못하고 있다.

고요하게 움직이며 서로의 몸을 핥으며 살아가는 살구와 자두를 보면서 나는 또 나를 위로한다. 저 힘없는 작은 생명들이 내게 주는 것들이, 어쩌면 내가 길 위에서 가져온 낱말들이나 이야기들보다 더 클지도 모르겠다.

누군가에게 해가 되지 않는 것만으로도 하루는 이렇게 평화롭고 고요하다는 것을 깨닫는다.

나는 세상을 위한 무엇이 되기 위해 태어난 사람이 아니라는 비관적인 생각을 하기도 했지만, 그럼에도 불구하고 세상의 해가 되지 않는 것만으로도 충분한 삶이 될 수 있다는 것을 이제는 안다.

나는 거대한 무언가를 쫓아가는 야망 가득한 부류에 속하지 않지만 작은 고양이들의 일거수일투족처럼 소소하게 살아가는 오늘이 나에게 유익하면 된 것이라 여기기로 했다. 나는 전투적인 사람이 아니다. 그럴 만한 이유도 찾지도 못했다. 하지만 이렇게 스스로를 위로하며 사는 일로 만족하기로 한 지 오래다.

이렇게 살다 보면 어느 날 문득, 지금 내가 하고 있는

모든 것들이 제대로 된 밥이 될 수 없는 일이라 여겨질 때
가 찾아오겠지. 그러면 나는 또 한없는 수렁에 빠져들겠
지만, 이젠 그것이 우울하게만 느껴지지는 않는다. 이 작
은 생명들이 내게 안겨 주는 우주가 엄청나게 크다는 것
을 알고 있기 때문이다.

6시간 동안의
가출

가장 절박한 순간에 떠오르는 것.
그것이 가장 중요한 것이다. 만질 수도 없고,
함부로 가질 수도 없던 것.
네가 없으면 모든 것이 사라지는 것.
내가 없으면 너 또한 존재하지 않는 것.
그냥 너.

정확히 여섯 시간이다. 살구가 몸부림을 치며 울고, 작은 머리를 종아리에 부비며 불안해하던 오후 2시부터 여섯 시간이 지난 후, 나는 보호자의 의무에 대해 다시 생각했다.

주저앉아서, 아니 쓰러져 천장을 올려다보며 지나간 여섯 시간에 대한 암울한 생각에서 벗어나고자 노력했다. 그때 내가 아주 폭력적이라고 생각했다.

어떤 이유로든 돌아오면 그에 상응하는 벌을 줘야겠다고도 생각했던 것 같다. 아니다, 확실히 다짐했다. 어차피 돌아올 거라는 근거 없는 믿음이 지배적이었기 때문에 그렇게 생각했다

어쩌면 그건 사치스러운 생각이었는지도 모른다. 나는 제발 돌아오기만 한다면 얼마나 좋을까, 하고 생각하고 있었으니까.

오후 2시.

책상 밑에서 살구가 종아리에 머리를 부비며 울고 있었다. 강의 준비를 하느라 성가신 마음이었지만 살구의 행동이 좀 유난하다고 생각했다.

이렇게 적극적으로 우는 이유는 보통 두 가지다. 마당에 길냥이들이 찾아와 빈 그릇에 시선을 두고 있거나, 루나 유키가 창가에 올라앉아 있을 때다. 살구는 이처럼 분명한 이유가 있어야 가능한 높이의 음색으로 소리를 내고 있었다.

거실에 나가보니 창문과 방충망이 10센티미터 정도 열려 있었다. 순간 직감했다. 자두!

"자두야!" 하고 불러 보았지만 대답하는 소리가 없었다.

자두는 원래 살구처럼 대답을 잘하지 않는다. 그래서 집 안 구석구석을 살펴봤지만 역시나 없었다.

확실했다. 자두는 집을 나갔다. 스스로 창문을 열고 나갔다. 자두가 우리 집에 들어왔을 때처럼 거실 창문을 열고 나갔다.

가을맞이 대청소를 하느라 창문을 안팎으로 닦았는데, 바깥에서 두꺼운 종이를 끼워 방충망이 열리지 않도록 해뒀어야 했다. 그런데 곧 방충망을 떼고 잠금장치를 할 거라는 생각에 그냥 둔 것이 화근이었다.

창문보다 가벼운 방충망을 밀고 나간 게 분명하다. 창문은 어떻게 열고, 방충망은 어떻게 열었을까?

자두는 발을 잘 사용한다. 자두가 혼신의 힘으로 창문을 열고 나가는 모습이 눈에 그려졌다. 추운 겨울, 코를 흘리며 창가에 앉아 거실을 바라보며 창문을 열던 그 모습 그대로 나갔을 것이다.

동네를 수없이 돌았다. 몇 바퀴를 돌았다. 집 주변부터 서울 성곽까지, 그 짧은 시간 동안 2만 보를 넘게 걸었다. 유튜브를 통해 고양이 찾는 법을 보면서 걸었고 대부분의 걸음마다 자책이 일어났다.

그것 말고는 아무 생각도 들지 않았다. 자책만 할 뿐, 눈물도 나오지 않았다. 섭섭하고 괘씸했다. 어찌할 바를 몰랐고, 어찌하고 싶지도 않았다.

그냥 스스로 내 앞에 나타나 주면 얼마나 좋을까? 어이없는 생각만 했다.

수의사 후배에게 전화를 해 조언을 들었지만 들리지도 않았고 별 도움도 되지 않았다.

자두를 기다리는 시간. 해가 기울어질수록 마음은 더 빠른 속도로 가라앉았다. 기울어지는 데는 방향이 없다. 오로지 가속도만 붙는다. 그것이 슬픔의 속도다. 가늠할 수 없고, 방향도 모르고, 길 위에 떨어진 여행자처럼 당황스러웠다. 나는 참 가망이 없고 능력이 부족한 부모라는 것만 확실했다.

그래도 밥은 먹었다. 성북동의 아름다운 불빛들이 하나둘 켜지는 저녁, 나는 자두를 찾다가 지쳐 밥을 먹었다.

해야 하는 일이라 생각하고, 마음 없이 치러내듯 그냥 밥을 먹었다.

어두운 골목을 다시 한번 뒤져보려면 밥이라도 먹어두는 것이 나을 거라고 생각했다. 후배는 어두워질 때를 한번 기다려보라고 했다.

이미 집 안에서 산 지 1년 7개월이었다.

저녁상을 물리고 살구와 자두가 쓰는 화장실 중에 하나를 비워 마당에 놓았다. 이 밤에 소리 내 부를 수 없다면 나보다 멀리 갈 수 있는 게 냄새가 아닐까 하는 생각이었다.

사방이 완전히 어두워졌다. 희망이 꺼지는 시간은 정해져 있지 않지만 영문을 모르는 모든 이별의 밤은 서럽고 두렵다.

오후 8시, 기적처럼 살구가 애절한 목소리로 올려다보기 시작했다. 자두다!

자두가 창가에서 창문을 열려고 안간힘을 부리고 있었다. 자두의 뒤에는 최선을 다해 밝히는 성북동의 아름다운 불빛들이 후광처럼 찬란했다.

처음 우리 집으로 들어왔을 때와 다른 게 있다면 서럽게 울면서 창문을 열고 있었다는 것이다. 자신이 왜 나갔었는지도 모르는 음성이었다.

계획에도 없던 가출 소녀가 된 자두는 그래도 영리해서 여섯 시간 만에 다시 왔다.

살다 보면 그런 경우가 있다. 날이 너무 맑거나 기분이 너무 좋거나 우울할 때, 내 안에 무언가가 나를 부를 때, 나 역시 그럴 때마다 배낭을 멨고, 아무도 손 흔들어 주지 않는 현관문을 단도리하고 나서던 때가 있었다.

길은 늘 기약이 없이 멀고 험했다. 여행에서 돌아오면 내가 걸었던 길들은 아름답게 여겨졌지만, 때로는 허무의 밤들도 많았다. 그럴 때마다 스스로 저지른 일에 내가 내 발을 걸고넘어져, 몇 날 며칠을 방에 주저앉아 떠나온 곳을 그리워하기도 했다. 누군가 등 떠밀지 않았지만 스스로 고립되었던 날들. 아마도 자두의 여섯 시간도 오래전 나의 여행과 같지 않았을까? 쉽게 열린 문밖에 아름다운 가을 하늘이 있었고, 자두가 태어난 담 너머로 단풍 드는 가을이 자두를 불러냈는지도 모른다.

모든 것이 괜찮아졌다. 영상을 촬영할 생각도, 다른 뭔가를 할 생각도 전혀 나지 않았다. 빛의 속도로 창문을 활짝 열어 자두를 안았다. 자두는 모든 것이 시크했다. 조금 전까지 그렇게 애타게 울며 창문을 긁어대더니 내 품에 안긴 즉시 '너 왜 나를 안아?' 하는 느낌으로 어깨를 넘어 뛰어내렸다.

그래, 내가 어떤 마음으로 너를 기다렸는지 네가 알 리가 없지.

자두는 아무렇지 않게 자기 자리로 돌아가 멀뚱하게 올려다본다.

고작 여섯 시간 동안의 일이다.

호들갑스럽게 말하자면 그 여섯 시간이 내 일생 같았다. 경험하고 싶지 않은 나쁜 경험을 준 자두. 단도리하지 못한 당연한 결과일지도 모른다. 산다는 것은 실수를 하고 반성하며 오차를 줄여나가는 것이지만, 이런 식의 이벤트는 정말 싫다.

자두에게 어떤 꾸중도, 조금의 화도 낼 수 없었다. 그냥 다시 이렇게 보드랍게 안기는 몸과 아무 일 없듯 맑게 올려다보는 눈빛을 선물하는데 거기에 대고 뭐라고 하겠는가.

나는 자두에게 스스로 무릎 꿇고 말았다. 다시는 이런 기회를 너에게 주지 않겠다는 마음으로 자두의 등을 쓰다듬었다.

세상의 모든 부모가 자식에게 불리한 것처럼 집사 역시 언제나 불리하다. 오늘의 여섯 시간은 정말 길고 길었다.

나는 환한 마음으로 까만 밤을 누렸다. 생각하면 가슴이 떨렸지만 눈을 감으면 그래도 흐뭇했다. 이렇게 사람을 냉탕과 온탕으로 적시는구나.

솔직히 자두의 여섯 시간은 어땠는지 궁금하지도 않다. 오로지 나의 감정만 지구를 몇 바퀴 돌았을 뿐이다. 원래 이별은 남겨진 자의 처절과 분노와 반성과 회유만 가능한 것이니까.

너무나 다행이지만, 나는 아직도 분하다.

가을볕 아래
다정한 시간

일상에 감사하며, 나란히 마주하고,
쓸데없는 질문이나 하면서
오래도록 다정하자.

다시, 가을이다.

가을이라는 이유만으로 마음이 한없이 맑아진다. 오래 걸으면 살짝 더운 느낌이 들지만 밤낮으로 제법 찬바람이 불어온다. 이럴 때 행복하다. 따뜻한 커피를 바깥에서 마실 수 있는 날씨. 이 정도면 나는 충분히 행복한 사람이다.

혼자 있어도 가능한 행복. 오히려 혼자이기에 더욱 충

만한 시간. 그 시간을 선물하는 계절이 가을이다. 그리고 봄도 그렇다.

내가 좋아하는 것을 알고, 그것이 오기를 기다렸다가 충분히 즐기는 일. 이보다 더 좋은 일이 있을까?

살구와 자두도 행복할까? 문득 궁금해졌다. 정말 행복할까?

식탁에 올라온 살구에게 바보처럼 어눌하게 물어본다.

"살구야, 행복해?"

"살구야, 정말 행복해?"

살구는 대답을 잘하는 아이라 뜻도 모르고 대답한다.

"아웅."

그렇다는 뜻이다

어쩌면 내 마음 안에서 '그렇다'라고 대답해 주길 바라고 있는 걸지도 모른다. 나는 내가 묻고 싶은 대로 묻고, 내가 듣고 싶은 대로 듣는다. 하지만 진짜로 살구와 자두가 행복했으면 한다.

나는 '불행하지 않으면 그게 행복한 거다'라고 생각하는 사람이다. 그렇지만 살구와 자두는 불행의 유무를 따지지 않는다. 이유 없이 그냥 행복하기만을 바랄 뿐이다. 오로지 나의 선택과 결정으로 우리는 가족이 되었고, 이후 이 생명들의 나머지 삶은 나의 의무이자 임무가 되었다. 그래서 나는 살구와 자두가 행복했으면 한다. 이유 없이 그냥.

살구에게 "행복해?" 하고 묻는 것은 어쩌면 나에게 묻는 것인지도 모른다. 이렇게 묻는 나를 향해 영문도 모르고 살구와 자두는 대답한다. 우리는 확실히 불행하지는 않은 것 같다.

그러면 된 거다.

이 가을, 늦은 아침 커피 한 잔을 들고 햇살이 파고드는 성북동 골목을 내려다보고 있다. 이 정도면 충분히 행복하다.

우리는 앞으로도 별일 없이 이 정도로 아름다운 계절과 안전한 일상에 감사하며 나란히 앉아 쓸데없는 질문을 주고받으며 다정한 시간을 보낼 것이다.

고양이로운
마음의 자세

이 삶의 끝은 부드럽고 가볍게,
투명하고 온순한 밤이었으면 좋겠다.

아르바이트가 끝나는 시간은 일정하지 않았지만 대체
로 막차를 타고 와룡공원길을 돌아 성균관대학교 후문에
내린다. 성균관대학교 후문에서 와룡공원으로 이어지는
길은 연애하기 좋으며 고백하기 좋은 분위기를 가졌지만
나는 언제나 홀로 걷는다. 성곽 아래로 뚫린 터널을 걸으
면 자정을 달리는 고급 승용차들이 냉랭하게 지나간다.
그즈음이면 하루가 끝난다.

발아래 잠들지 못한 불빛들은 언젠가 봤던 이국의 낯선 밤과도 같이 찬란했다. 내 것과 상관없는 찬란함은 공허하지만, 나의 삶과는 대체로 상관없는 것들이 더욱 빛이 난다. 어둠과 겨루기하는 도시의 불빛들을 밟으며 집으로 돌아오는 길, 나는 오늘도 잘 살았다.

요즘은 사명 없고 목적 없이 보내던 날들과는 걸음의 자세가 다르다. 가끔 들어오는 방송일을 하고 드물게 들어오는 원고를 마감한다. 남는 시간에는 세상을 등지고 독야청청의 마음으로 호젓하게 살았다고 자부하던 날들을 부끄럽게 되돌아본다. 독야청청은 부끄러운 일이 아니지만, 백수를 빛나게 할 변명으로 포장하기에는 적절한 표현이 아니다. 마음대로 떠났다가 마음대로 돌아오는 삶에 보장된 일이나 기다리고 있는 생활은 없었다. 그렇게 세월을 보내는 동안 비로소 책임질 곁이 생겨 그나마 나태한 마음을 벗고 있는 중이다.

남들은 퇴직할 나이에 뛰어든 아르바이트가 부끄럽지는 않지만, 자랑할 만한 일도 아닌 것 같아서 함구하고 살다가 괜히 울컥한 마음으로 친구에게 전화를 한다. 와롱

터널 끝자락에 보이기 시작하는 대사관촌, 오늘따라 호박색 조명들이 유난히 따뜻하고 선명하게 빛난다. 전화를 받은 친구는 이 시간에 어딜 방황하는 중이냐고 안부를 묻지만, 전화기 너머의 삶이 결국 나보다 나은 것 같지 않아서 허튼 안부를 남기고 끊는다.

　나를 기다리는 생명이 아른거려 걸음을 재촉한다. 그들에게 마음을 꺼내 놓기 시작하면 이 밤이 짧다. 나를 두려워하지 않고, 견제하지 않고 만만하게 여겨주는 생명이 기다리는 곳으로 발걸음을 재촉한다. 시간만 소비하며 사는 동안 유일하게 배운 것이 있다면 묵묵히 걷는 일이 최선이라는 것. 그것이 축적되면 그나마 세상이 조금 만만해 보이는 순간도 있다는 것. 나의 퇴근길은 이렇게 롤러코스터를 타듯 싱숭생숭하다. 그래도 내 걸음의 끝에는 내가 끊임없이 사용할 수 있는 자유이용권 같은 유용한 존재가 둘이나 있다.

　집에 도착해 현관문 비밀번호를 누른다. 번호를 누르는 소리보다 살구의 인사가 더 크게 들린다. 하루 종일 기다린 보상으로 겨우 간식 하나 받아먹고서는 내 종아리에 머리를 비비며 답례하는 살구. 이 순간은 얼마나 그림

같은가. 내 형편으로는 상상할 수 없었던 따뜻함을 매일 매일 느끼고 있다. 퇴근이 많이 늦는 날은 어이없는 눈으로 올려다보며 "너, 어디 돌아다니다가 이제 와? 빨리 먹을 거나 내놔!" 하는 소리로도 들릴 때가 있다. 뒤늦게 고양이를 알게 되어서 고양이에 열광하는 중년처럼 보일지도 모르겠으나, 좋은 것을 어찌 감출 수가 있겠나.

여전히 혼자가 편하다고 생각한다. 늘 혼자 살아왔고 가끔 이별을 했다. 지금은 혼자서 차지할 수 있는 고양이들이 있어서 다행인 삶이다. 늦은 퇴근이거나, 책상이거나, 싱크대 앞이거나, 보잘것없는 식탁이라도, 고양이 곁이라면 결국 좋다.

아무리 늦은 퇴근이라도 끝내 도착하는 곳이 살구와 자두의 곁이라면 혼자가 아닐 것이다. 열심히 살면서 대단한 것을 이루지 못해도, 앞으로 더 열심히 살게 되더라도 더 나아지지 않는 삶이겠지만, 그래도 여전히 가벼운 꼬리와 맑은 눈을 가진 고양이라면, 그 곁이라면 그 삶을 견딜 수 있을 것이다. 그렇게 나마저 가볍고 맑게 전염될 수 있는 고양이로운 삶이라면, 괜찮지 않을까?

다시 만난다면
고양이처럼?

왜 반드시 곁이어야 한다고
믿었을까?

우울이 안개처럼 번지는 날이다. 오늘 밤에는 살구도 자두도 고요하다. 그러다가 품으로 파고든다. 나는 심장이 뛴다.

한때 그게 세상의 전부처럼 여겨졌던 일들이 있다. 이렇게 고양이 두 마리를 한꺼번에 안고 붉어지는 성북동의 저녁을 내려다보고 있자니, 그때 내가 목숨 걸고 매달려 사랑한다고 했던 일들이 모두 자명한 사실이었다는 걸 알겠다. 지금은 모두 지나간 일이 되었고, 그 기억이 신기루처럼 희미해졌지만 말이다.

그 일들은 이토록 순하게 안겨 있는 고양이들의 따뜻함과는 바꿀 수 없었던 사실들이다. 차갑고 날카롭게 등 돌리던 시간이다. 그때의 나는 순한 사람도 아니었고 강한 사람도 아니었다. 피가 나는지도 살이 패이는지도 모르는, 그저 아둔한 사람에 불과했다. 내 마음 하나 위로하자고 누군가에게 무엇이 되려고 애를 썼다. 그 일들이 이제는 바람처럼 사라지고 말았다.

그리고 사라진 모든 것들은 폐허로 고스란히 남았다. 다시는 지을 수 없는 공간이 되었다. 그게 뭐라고. 누군가에게 무엇이 되고 싶다고 될 수 있나? 돌려세운다고 곁일 수 있나? 고양이 눈빛 하나에도 지나지 않을 그 어설픈 그게 뭐라고, 죽도록 매달렸을까?

우리가 남이 되어도 죽지 않는다는 것은 진즉 알고 있었다. 해가 뜨면 또 도둑고양이처럼 먹을 것을 구하는 일로 사력을 다할 거면서. 왜 반드시 곁이어야 한다고 믿었을까?

다시 만난다면 고양이처럼 너를 안을 수 있을까? 되물어보지만 글쎄, 잘 모르겠다. 자신이 없다.

우리가 함께 맞은
세 번째 겨울

한 번도 제자리를 벗어나 본 적 없는 사람을 데려다가
내 안에 갇힌 살구와 자두에게 소개한다.
내가 그려야 할 그림이 눈 내리는 창가에 걸려 있었다.

올해는 눈이 잦았다.

첫눈이 내린 후, 얼마 지나지 않아 해가 바뀌었다. 꽃
이 피기까지 눈은 더 자주 내렸다. 눈이 내릴 때마다 나는
눈을 쓸었다. 고요의 고요 속으로 이어진 듯한 좁은 골목
을 쓸고 나면 다시 눈이 내려 길은 처음처럼 하얘졌다. 그
길엔 오가는 사람조차 드물었다.

누군가 정해준 적 없는 임무를 열심히 수행하는 동안

에도 혹시나 지나가는 사람이 있을지도 모른다는 생각으로 나는 쓸고 또 쓸었다. 붉게 시린 손끝은 자처한 형벌처럼 가볍지 않은데, 깊숙한 곳에서 꺼낸 입김만으로도 위로가 될 때가 있다.

잘못한 일 없이도 덜덜 떨어야 하는 겨울. 나는 그 겨울이 나의 실패로 여겨지지 않기 위해 이 낡고 좁은 골목을 쓸고 또 쓸었다. 사소한 것들. 보잘것없는 것들. 그러나 흔하지 않은 것들.

세상이 알아주지 않는 일들로 하루를 보내도 내게 냉혹함에 지지 말아야 할 따뜻한 열망이 있다. 궁금함 가득한 눈으로 창가에 나란히 앉아 나의 거동을 지켜봐 주는 존재가 있기 때문이다.

홀로 지내야하는 오랜 겨울을 피하기 위해 나는 자주 배낭을 꾸렸다. 필리핀의 바다 근처였다가, 미얀마의 산중이기도 했고, 붉은 흙담에 기대어 뜨거운 열기를 식히던 이란의 남쪽이기도 했다. 이곳의 삼엄한 겨울과 바꾼 계절들을 밟으며, 태양의 문신을 새기고 꽃이 피는 계절에 돌아오기를 반복했다.

그러나 이제는 살구와 자두와 함께 세 번째 겨울을 맞

이한다. 더 이상 배낭을 꾸리지 않고도 겨울은 무사하다. 고양이들의 기척에 눈을 뜨고 이국의 태양 대신 그들의 온기로 밤을 지탱한다. 청소를 하거나 식사 준비를 할 때도, 글을 쓰거나 그림을 그릴 때도 활자처럼 빼곡히 붙거나 물감처럼 지워지지 않는 그 존재들. 그들은 이제 내 몸에 묻은 존재가 되어버렸다. 털어낼 수 없는 마음 같은 것일지도 모른다. 가끔 짧은 출장을 갈 때도 그들은 여전히 내 속에 있는 듯하다. 언제나 혼자이지 않고 나란하다.

더 이상 먼 여행은 하지 않기로 마음을 먹었지만 나는 자주 길 위의 일들을 불러 모은다. 감당할 수 없는 크기의 커다란 캔버스를 놓고 길 위에서 만났던 사람들을 그린다. 태양에 그을린 몸보다 따뜻한 그때의 사람들을 생각한다. 한 번도 제자리를 벗어나 본 적 없는 사람들을 데려다가 눈이 내리는 계절을 소개한다.

살구와 자두는 일면식도 없는 캔버스 안의 소년에 대해서는 아무 관심이 없다. 그들은 심하게 흩날리는 폭설을 마주하며 고민이 많은 화가처럼 창가에 앉아 있다. 그들의 포즈만으로 그림이다. 그 풍경이 그림이다.

언젠가 살구와 자두를 그려볼 생각으로 커다란 유화

캔버스를 마주했지만 가능하지 않았다. 좋아하는 것을 그린다는 것이 너무나 어렵다는 것을 알았다. 눈앞에 없고 마음에만 남아 있는 길 위의 풍경을 그려내는 일이 오히려 쉬웠다.

아무도 알아주지 않는 이런 사소한 일들을 만들며 이 계절을 잘 버텨 끝내 봄을 맞이하는 일. 그것이 우리가 그리는 그림이어야 한다. 세상은 눈치채지 못할 작은 기쁨들로 마지막 계절까지 함께 보내는 일. 겨울은 내게 더 이상 험한 계절이 아니고 성가시지 않다.

밤이 길다. 성북동의 새벽은 어떤 눈동자처럼 반짝인다. 나는 눈 내리는 북정마을을 내려다본다. 예쁘다. 너희들도 그렇다.

검은 달,
루나

너는 너 하나로 살지만
누구나의 마음속에서 살아 있는 것처럼.

　밤의 고양이가 그어 놓은 어둠 속으로 도시의 찬란한 불빛이 별처럼 반짝인다. 오늘도 서울성곽 와룡공원 돌계단에 앉아 도시의 꿈을 조망한다. 나는 자주 성곽 돌담길을 따라 밤 산책을 한다. 도시의 테두리에 그어진 이 길은 바다가 보고 싶거나 멀리 떠나고 싶을 때 적잖게 위로가 된다.

　밤바다를 항해하는 배들처럼 줄지은 자동차들이 자꾸

만 어디론가 사라지는 밤, 낡은 북정마을을 양식장처럼
가두는 성곽의 돌담 위에 밤을 검열하는 순찰자처럼 고
양이가 달을 향해 서 있다. 이 밤에 살아 있는 생명은 너
와 나, 단 둘뿐인데 우리는 미동이 없다. 달빛에 박제된
검은 고양이는 울퉁불퉁한 담벼락의 그림자처럼 고요하
다.

대체로 검은 것은 고요하다. 마당에 드나들기 시작한
길고양이 중에도 검정에 가까운 짙은 회색 옷을 입은 고
양이가 있다. 나는 그 고양이를 '루나Luna'라고 부른다. 밤
에 보면 검은색이고 낮에 보면 짙은 회색에 가까운데, 개
나리색 눈동자는 밤이나 낮이나 밝다.

루나는 '달'이라는 뜻인데, 처음 본 시간은 환한 대낮이
었다. 밥을 먹고 담벼락을 바라보고 있는데, 허공에 두 개
의 낮달이 박혀있는 것이었다. 마당에 모여드는 서너 마
리의 길고양이들 중에 단연 미모로는 품종 고양이들보다
도 탁월했다.

마음 같아서는 집 안으로 들이고 싶었지만 두 마리로
만족하자고 마음을 다잡았다. 그리고 루나는 이미 산달
이 가까워서 보름달처럼 배가 불러오기 시작했다. 루나

는 성곽의 테두리를 걷듯 조심스레 담벼락을 걷고, 일정한 시간에 사료를 먹고 물을 마시며, 스스로를 아기 돌보듯 관리하는 신중하고 영리한 검은 고양이였다.

루나는 한 곳에서만 뜨지 않는 달처럼 그대로 자유로웠다. 이 동네 길고양이들은 비교적 모두가 그렇다. 집집마다 대접하는 방식은 조금씩 달랐지만 인색하지 않다. 제 집 드나드는 손님을 그냥 보내지 않겠다는 마음처럼 나도 딱 그 정도의 거리로 루나에게 이름을 붙였다.

루나는 자식이 아니라 손님이다. 루나는 달이다. 달은 집 안에서 빛나지 않고 밖에서 환하므로. 우리는 서로에게 성가시지 않은 존재로 각자의 일상을 살아가자. 그래서 나는 가끔 동네 꼬마 부르듯이 루나라고 부르기로 했다. 일부러 멀리서 가져온 이름을 붙였다. 아주 오래전 멀리 지구 반대편으로부터 배낭 안에 넣어 온 이름 말이다.

칠레의 국경. 산 페드로 데 아타카마. 우유니 소금사막을 건너온 사람들과 그곳으로 향할 사람들이 만나는 곳. 국경의 마을 근처에 성곽보다 높은 '달의 계곡 Valle de la Luna'이 펼쳐진다.

213

소금사막처럼 서걱거리던 한낮의 모래바람.

붉은 모래와 아도베식 하얀 담벼락.

금방이라도 푸른 물을 짜낼 것 같은 하늘과 스프링이 삐져나온 낡은 침대.

그 아래 밤 12시처럼 까만 고양이는 여행자들의 고양이다.

우리는 그들을 길고양이라고 부르지 않고 배낭여행자라 불렀다. 실제로 그 고양이는 푸른 나무 한 그루가 서 있는 산 페드로 교회 앞에 있다가도 순식간에 찻집 식탁 밑으로 와 인사를 건네기도 했다. 아무렇지 않게 내 침대로 왔다가 옆 침대로 건너가기도 했다.

온통 여행자들로 채워진 그 숙소에서 가장 오래된 여행자였다.

그곳에서 나는 어떤 여행자를 만났다. 우연히. 아니, 우연이 아니다. 내 기억 속에 그 사람은 없었으니까. 그러나 정말 우연히. 그는 나를 안다고 했다.

에스페란토어를 전파하며 전 세계를 여행 중인 파커는 금발의 호주 여행자였다. 그는 4년 전 시드니의 바다 근처에서 나를 만난 적이 있다고 했다. 그때는 내가 본격적으로 배낭을 메기 전이다. 아마도 회사 출장 때였을 것이다. 파커의 말에 의하면 우리는 함께 담배를 피웠고, 나와 동행했던 여직원과 셋이서 나란히 앉아 이런저런 이야기를 나눴다고 했다.

이런 인연이 있을까?

거대한 대륙 남미. 볼리비아에서부터 거친 소금사막을 사흘 동안 달려와 그 끝에 오아시스처럼 고여있는 달의 계곡. 그리고 그 안에 있는 낡은 숙소. 이곳에서 다른 대륙에서 온 여행자가 다시 만날 확률은 얼마나 될까? 그리고 내 기억력의 부족을 감안한다면, 오로지 상대방의 기억으로만 인사하게 될 확률은?

아마도 살구가 성균관대 시각디자인과에 합격하고, 다음 해에 자두가 서울대 국문학과를 수석으로 입학한 뒤, 둘 다 내 밑으로 취직해서 원고도 쓰고 강의도 하러 다닐 확률 정도가 아닐까?

우리가 함께 달의 계곡으로 노을을 보러 갔는지는 역시 기억나지 않는다. 그는 우유니 사막으로 향했고, 나는 그가 걸어왔던 칠레의 남쪽으로 다시 배낭을 메고 인사를 했다.

간혹 생각한다. 우리가 또 살면서 다시 만나는 날이 오게 될까? 아무튼 우리의 대화를 지켜보던 까만 여행자의 고양이가 있었는데, 그 고양이의 이름은 뭐였을까? 그 고양이는 세상의 모든 여행자들이 흘려 놓는 사건들을 보고 듣다가 어느 여행자의 배낭에 묻혀 함께 여행을 떠나지는 않았을까? 마녀 키키의 빗자루를 타고 함께 날아다니던 '지지'처럼 말이다.

그날의 까만 고양이와 마법처럼 신기했던 여행자들의 시간. 도미토리 여섯 개의 침대 중 내가 차지한 창가 쪽 침대 위로 달빛이 흔들거리던 기억이 또렷하다.

달의 계곡을 다녀와서 달을 보던 그 밤, 나는 생각이나 했을까? 먼 훗날 모두가 잠든 서울의 테두리에서 내가 이름 모를 고양이와 나란히 앉아 같은 달을 보게 될 것을.

그날의 고양이와 닮은 루나가 담을 넘을 때마다 나는 여행을 한다. 달은 하나로 뜨지만 어디에나 있다. 나는 하나로 살지만 누구나의 마음속에서 가끔 살기도 하는 것처럼.

"루나야! 머무르지 않고 흘러야 한다. 그래야 결국 머물러서도 흐른단다."

나의 루나가 누구나의 달처럼, 어디서든 아름답게 빛나게 살게 될 것을 믿는다.

루나는 오늘도 몇 번이나 우리 집 마당을 달의 계곡처럼 서성였다. 고요하게 왔다가, 반짝하고 사라졌다.

나는 루나가 낮달로 왔다가 보름달로 서성일 것을 안다.

고양이에게
배운 말들

곁의 사랑을 발견하지 못했다면
그 모든 시간을 느껴보지 못했을 뿐이다.

좋아한다는 말을 해버렸다. 해본 적 없는 발설이다. 사랑이라는 말은 내게 없던 말인데, 나는 자연스럽지 않은 것들이라 생각했던 생각까지도 아무렇지 않게 해버렸다.

아무렇지 않다는 것은 늘 있는 일상일 텐데 좋아한다는 것, 사랑한다는 것이 일상이라면, 그것이 가능하다면 거부할 사람이 있을까? 당신이라면 가능한가? 나여서 가능한가? 아니다. 그것은 오직 고양이 때문이라서 가능하다.

곁을 두지 못한 삶을 사는 내게는 걷는 것만이 곁을 가지는 유일한 방법이었다. 그래서 나는 먼 길을 걸었다. 낯선 국경에서 발목에 스스로 상처를 내고 돌아와 밤새 가슴을 끌어안았다. 온전하지는 않았지만, 또 아무렇지도 않았다. 그렇다고 아무렇지 않은 건 아니었지만, 아무렇지 않은 척하는 게 일상이었다. 혼자 걷는 건 사랑 없는 사람이 더 멀리, 더 오래 걸을 수 있는 방법이라고 믿었다.

하지만 공허의 시간을 여행이 완전히 채워주지 않는다는 것을 알게 됐고, 다시 돌아온 이곳에서도 허무의 밤들은 사라지지 않는다. 그림자처럼 스쳐 지나가는 찰나의 뒷모습이 거대한 풍경처럼 느껴질 때가 있다.

만약 당신이 사랑하는 사람과의 미래를 약속하게 된 이유가 그 사람에게서 풍경보다 아름다운 세상을 봤기 때문이라면 나도 이해할 수 있겠다. 곁의 사랑을 발견하지 못했다면 그 모든 시간을 느껴보지 못했기 때문이다. 나의 허무와 공허는 길 위에 있지 않고 낮고 고요한 자세의 부드러운 등이나 세상으로 뻗어 있는 꼬리에서 채워질 때가 있다.

고양이는 내게 사랑한다, 좋아한다는 말 이외는 하지 않는다. 내게 화를 내거나 짜증을 낼 때도 사랑해서 그렇다는 것을 알았기 때문에 이제 정말 아무렇지 않게 좋아한다, 사랑한다 말할 수 있다.

그 이유로 나는 오랫동안 배낭을 꺼내지 않고 있다.

비로소 나는
사람이 되어간다

저 홀로 살아도 잘 사는 사람이 있을 것이다.

영원히 혼자 살아도

누구보다 현명하게 사는 사람도 있을 것이다.

사람이 사람으로 갖추어야 할 모든 것을 스스로 구하고

그것을 실현하며 사는 사람 또한 있을 것이다.

다만, 그 사람은 고양이를 모를 뿐이겠고.

나는 홀로 살기에 적합한 사람이라 생각했지만

고양이로 인해 그것은 불가능하다는 것을 알았다.

잘살고 있다는 것은

사랑받으며 살아가는 존재가 아니라

사랑하며 살아야 하는 존재라는 것을

살구와 자두가 알려줬다.

앞으로도 배울 게 너무나 많은 나는 그런 사람이다.

살구와 자두가 나를 비로소 사람이게 한다.

내가 나를 위해서라도

지켜야 할 것이 무엇인지 알게 되었다.

에필로그 | 우리는 오래오래 사랑할 것이라서

한 번도 고양이에 대해서 생각해 본 적이 없었다. 살구
와 자두를 만나기 전에는 어떤 생명과 함께 살아야 한다면
귀여운 강아지일 것이라고 생각했다. 차라리 꽃을 키울망
정 고양이는 아니었다고 생각했다.

그러나 나도 모르는 의식 어딘가에서 고양이에게 반응
하는 감정이 있었나 보다. 원고를 정리하면서 세계 각지에
서 만난 고양이 사진들을 보며 알게 되었다. 좋아하지는 않
았지만 적어도 싫어하지도 않았다는 것을. 처음 여행에서

만난, 기억에도 없는 길고양이들이 지금은 살구와 자두의 사진들과 같은 폴더에서 나란히 정렬되어 있다.

지금은 그때처럼 낯선 길 위에 선뜻 오르지 못한다. 아니 오르지 않는다. 허공처럼 넓게 패인 마음을 채울 길 없어 늘 낯선 곳에서 잠을 청했던 지난날들이 살구의 하얀 발과 자두의 천연덕스러운 눈동자에도 머물고 있다는 것을 알고 있기 때문이다.

나는 왜 자꾸만 떠나려 했을까? 누군가가 나를 붙잡지 않았기 때문이라는 변명으로 일관했지만, 누구도 잡으려 하지 않았던 비겁한 마음이 더 컸다는 것을 인정한다.

원고를 쓰는 지금도 살구는 무선 마우스에 턱을 올리고 잔다. 자두는 책꽂이의 여행책들을 핥으며 또 다른 세상의 맛을 보고 있다. 이런 풍경들 속에 있는 내가 좋다. 더 이상 떠날 수 없는 여행자가 되더라도 나의 무릎에, 나의 왼손에 닿을 수 있는 포근한 감정들이 낯선 길 위의 밤들보다 더 먼 여행을 하게 한다.

우리는 오래오래 사랑할 것이다. 아니다. 내가 오래오래 짝사랑할 것이다. 그리고 유튜브를 통해서 알게 된 살구와 자두의 인연들에게 질투하며 여전히 내가 더 사랑하고 싶다는 마음으로 살게 된다면 좋겠다.

너는 나의 고양이라서 그래야 한다. 내가 널 사랑하니까, 너는 오래오래 평화롭고 건강하게 살았으면 한다. 내가 더 좋아하니까 그래야 한다.

한결같은 마음으로 많은 곳에서 보내주신 응원에 감사를 드립니다. 제 채널 구독자님들 대부분은 낮잠에 들어간 고양이처럼 얌전하고 부드러운 분들입니다. 그분들께서 살가운 마음들로 가르쳐주신 지식과 힘이 넘치는 응원 덕분에 오늘도 저는 제가 괜찮은 집사라고 착각하며 살구와 자두 옆에 머물고 있습니다. 오래오래 소통되기를 진심으로 바라며 비인기 채널 〈여행자의, 고양이〉를 찾아주시는 모든 구독자님들께 다시 한번 감사드립니다.

나는 여행했고,
고양이는 아름다웠다

그런 날이 있다.
이유 없이 부지런한 날.
그런 날은 뜬금없이 좋은 일이 찾아오기도 한다.
마치 고양이를 만난 것처럼.

모로코 페즈

어떤 법칙처럼 자리 잡은
골목 안 고양이

모로코 페즈의 수많은 골목에는 마치 법칙이라도 있는 듯, 골목마다 고양이가 한 마리씩 자리하고 있다. 그곳의 고양이들은 확실히 사람들보다 순하고 여리다. 끊임없이 교감하며 적대하지 않는다. 서로를 피하는 것이 아니라 서로를 깊이 사랑한다. 무심하지 않고, 정겹다. 나와는 상관없는 삶이지만 기꺼이 관여하며 온기를 나누던 골목. 세상에서 가장 복잡한 골목과 가장 좁은 골목에서 언제든지 고양이를 만날 수 있다. 사람과 고양이가 하나가 되는 풍경을 볼 때마다 그곳이 더욱 좋아졌다.

모로코 셰프샤우엔

밀당하는
고양이들

삼각 모자가 달린 젤라바를 입은 할아버지들은 꼬마 요정처럼 발랄하게 골목을 걷는 곳. 산속의 마을 셰프샤우엔. 빛도 볕도 집도 창문도 모두 파랗다. 그리고 그 속을 열대어처럼 여행자의 다리를 스치며 헤엄치는 고양이들. 녀석들은 안다. 피곤한 여행자의 시선을 뺏는 방법을 말이다. 관심 없는 여행자에게는 더욱 무심하지만 적극적인 구애를 하는 여행자에게는 밀당을 한다. 누군가에게 사랑받는 방법을 안다는 것은 유용한 일이다.

많은 사람들이 온통 파란 이곳의 풍경을 보러 오지만 자주 고양이들에게 발목이 잡힌다. 세상의 어느 낯선 골목에서 이유 없이 환대받는 일. 어쩌면 이런 이유로 우리는 오랜 여행자가 되는지도 모른다.

튀르키예 이스탄불

어디를 가더라도,
어느 거리를 걷더라도

보스포루스해협을 가로지르는 갈라타 대교 위, 이스탄불 대학 방향으로 하루가 저무는 시간, 그곳에서 한 장면을 보았다. 거울처럼 반짝이는 생선 한 마리를 물고 유유히 석양의 반대편 탁심광장 쪽으로 사라지는 검은 고양이를. 신사는 열심히 낚은 물고기 한 마리를 기꺼이 양보했다.

이스탄불, 아니 튀르키예 어디에도 고양이가 있다. 튀르키예에서는 고양이가 많다는 것이 곧 평화롭다는 뜻이고, 공존한다는 의미이기도 하다. 튀르키예는 진정 고양이의 나라라고 불러도 좋을 것이다. 어디를 가더라도, 어느 거리를 걷더라도 고양이를 만날 수 있다. 튀르키예로 여행을 떠나는 이유가 고양이는 아닐지라도 튀르키예에 간다면 당신은 고양이를 만나지 않을 수 없을 것이다. 그리고 고양이를 더 좋아하게 될 것이다.

스페인 알바이신 언덕

음표처럼
가벼운 발자국의 궤적

시에라네바다 산맥이 펼쳐진 하얀 설산 앞에 놓인 알람브라 궁전. 그 궁전을 환하게 내려다볼 수 있는 알바이신 언덕, 언덕으로 오르는 아름다운 골목 어딘가에서 발견되는 음표처럼 고양이들은 경쾌했다. 인심 좋은 남부 안달루시아, 그중에서도 더욱 빛나는 그라나다를 한층 밝게 만들어주는 가뿐한 발자국들.

오후 4시. 광장에서는 플라멩코가 흐르고 사람들의 박수 소리가 울려 퍼진다. 그리고 그사이를 스쳐 지나가는 고양이. 가벼운 곡선으로 흐르듯 움직이는 그라나다의 고양이들. 고양이를 좋아하는지, 안 좋아하는지조차 생각해 본 적 없던 시절이었다. 그러나 누구라도 그 풍경을 마주한다면 외면할 수 없었을 것이다.

나는 자주 집시들의 방향을 따라 사라지는 고양이들을 보았다.

인도 콜카타

인도에 갈 때마다 그 복잡한 도시, 콜카타에 머물렀다. 가진 것이 부족해도 아무렇지 않았던 인도의 나날들. 콜카타의 가장 싼 숙소에 날마다 드나들던 고양이들이 생각난다. 그 고양이들 또한 대체로 여행자들을 닮았다. 얇고 야위었지만 순하고 부드러웠다. 여행자들이 가져온 먹거리를 조금씩 나눠 먹고 오랫동안 바라봐 주다가 사라지곤 했다.

내 방 침대 밑으로 들어와 따뜻하게 나를 바라보던 고양이가 있었는데, 덕분에 나는 잠시 눈물을 멈추고 좋은 기분을 가질 수 있었다. 그윽하게 바라보며 말없이 침대 아래에서 잠을 청하던 고양이의 자세를 떠올리면 또다시 복잡하고 오래된 그곳으로 가고 싶어진다.

때로는 아무 말 없이도 그저 곁을 지켰다는 이유만으로 힘이 되는 일이 있다는 것을 알겠다. 그러니까, 당신도 절대로 외롭지 않다는 것.

쿠바 비날레스

고양이가 나를
온화한 노인으로 만들어주겠지

쿠바 비날레스의 한적한 농가에서 만난 할머니는 50년 전 자신의 초상화 앞에서 잔잔한 바람처럼 앉아 있었다. 그녀는 태어나서 단 한 번도 그곳을 떠난 적이 없다고 했다.

낡은 테라스, 바람이 머무는 푸른 언덕, 아들이 집을 비운 사이 그녀는 고양이와 함께 테라스에 앉아 있었다. 그 모습은 쓸쓸했지만 이상하게도 살가웠다. 그녀는 거친 손으로 내 손을 따뜻하게 잡아주며 말했다.

"좋은 여행이 되길 기도할게요."

나도 그녀처럼 늙고 싶다. 고양이와 함께하는 따뜻하고 온화한 노인이 되고 싶다. 고양이가 나를 그렇게 만들어줄 것이다.

볼리비아 라파스

하루 종일
너만 생각했다

볼리비아 라파스의 고도는 여행을 무참히 만들었다. 밤새 기침이 끊이지 않았다. 머리가 점점 뜨거워지고, 내가 할 수 있는 건 오래전 너를 알약처럼 떠올리는 일이 다였다.

낡은 숙소 마당에는 새장이 있었는데, 숙소의 고양이가 갇힌 새를 끊임없이 괴롭히는 것을 봤지만 방관할 수밖에 없었다. 나는 바람 빠지는 소리만 뱉으며 고양이를 쫓아보지만 소용없었다. 새는 알까? 고양이는 철조망을 뚫지 못하지만, 자신도 자유롭지 못하게 보호받고 있다는 것을.

세상 아무리 멀리 떠나도 마음속의 것들은 어찌할 수 없다. 지구를 몇 바퀴를 돌아도, 몇 번을 다시 태어나도, 마음이 바뀌지 않으면 달라지지 않는 것들이 있다. 그것도 모르고 무조건 걷던 날들. 멀어지면 정말로 멀어질 수 있다고 착각했던 날들. 하루 종일 너만 생각했지만, 하루 종일 나를 괴롭히는 것은 너 하나뿐만은 아니었을 것이다.

여행자와 고양이

2025년 5월 27일 초판 1쇄 발행

지은이
변종모

펴낸이   **펴낸곳**   **출판등록**
최갑수   얼론북   2022년 2월 22일(제2022-000026호)

주소
경기도 파주시 경의로 1056

전화   **팩스**   **전자우편**
010-8775-0536   031-8057-6703   alonebook0222@gmail.com

인스타그램
@alone_around_creative

디자인   **표지 일러스트**
아침   카메인@kamain.zip

인쇄와 제본   **종이**   **물류**
상지사   올댓페이퍼   우진출판물류

ISBN 979-11-94021-24-7(03810) 값 18,000원

얼론북은 '영감과 경험 그리고 인사이트'를 주제로 책을 만듭니다.
여러분의 소중한 원고를 기다립니다.